中共无锡市梁溪区委宣传部
无锡市诗词协会 编

当代邑人咏无锡诗词选

（第二卷）

DANGDAI YI REN
YONG WUXI SHICI XUAN

江苏大学出版社

JIANGSU UNIVERSITY PRESS

镇江

图书在版编目（CIP）数据

当代邑人咏无锡诗词选. 第二卷 / 中共无锡市梁溪区委宣传部，无锡市诗词协会编. 镇江：江苏大学出版社，2024. 10. -- ISBN 978-7-5684-2301-4

Ⅰ. I227

中国国家版本馆CIP数据核字第2024HK6082号

当代邑人咏无锡诗词选（第二卷）
Dangdai Yiren Yong Wuxi Shicixuan (Di-er Juan)

编　　者 / 中共无锡市梁溪区委宣传部　无锡市诗词协会
责任编辑 / 任建波
出版发行 / 江苏大学出版社
地　　址 / 江苏省镇江市京口区学府路301号（邮编：212013）
电　　话 / 0511-84446464（传真）
网　　址 / http://press.ujs.edu.cn
排　　版 / 无锡市证券印刷有限公司
印　　刷 / 无锡市证券印刷有限公司
开　　本 / 710 mm × 1000 mm　1/16
印　　张 / 16.25
字　　数 / 220千字
版　　次 / 2024年10月第1版
印　　次 / 2024年10月第1次印刷
书　　号 / ISBN 978-7-5684-2301-4
定　　价 / 88.00元

如有印装质量问题请与本社营销部联系（电话：0511-84440882）

学术指导

中华诗词学会

江苏省诗词协会

出　品

中共无锡市委宣传部

中共无锡市梁溪区委员会

编 委 会

主　　任　莫砺锋

副 主 任　胡可先

编　　　委（按姓氏笔画排序）

毛明强　江建平　李立中　张道兴　陆国华

陆晓鹤　陈　平　陈国柱　林　峰　杨学军

周凤鸣　赵亚娟　胡可先　袁宗翰　莫砺锋

徐　龙　徐崇先　唐剑峰　蒋震宇

书　　法　蒋定之　朱培尔　刘铁平　王建源

国　　画　钱松嵒　周怀民　顾青蛟　陈德华

主　　编　张道兴

副 主 编　毛明强　陆国华　蒋震宇

摄影图片　陈　平

封底篆刻　顾大可

编委会主任、副主任简介

主　任

莫砺锋，新中国第一个文学博士，央视百家讲坛主讲人，南京大学人文社科资深教授、南京大学中国诗学研究中心主任，江苏省文史研究馆馆长。

副主任

胡可先，浙江大学求是特聘教授，博士生导师。教育部中国语言文学学科教指委委员，中国唐代文学学会副会长，浙江省文史研究馆馆员，国家社科基金重大项目首席专家。

《无锡吟》

蒋定之　诗书

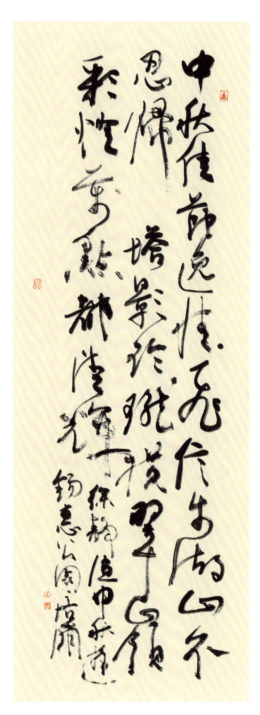

徐静渔《中秋游锡惠公园》

朱培尔　书

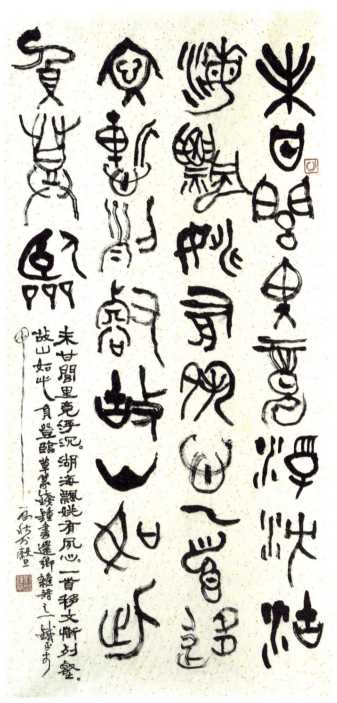

未甘闾里竟浮沉。湖海飘姚有夙心。一首移文惭刻鬘。故山如此负登临。

草篆录钱锺书還鄉雜詩之一 鐵平書

钱锺书《还乡杂诗》

刘铁平　书

倚槛范湖上商，暑潮沈

夕阳毵毵氛水寒逼秋

陂野桥窗门大乱新入

雨庵一毫此夏秀忍顾

履雪吟

王逢常坐范蠡湖小阁遇

某道人自言之能琴偶遇

甲辰仲秋王建源

王蘧常《坐范蠡湖小阁，遇某道人自言能琴，偶成》

王建源　书

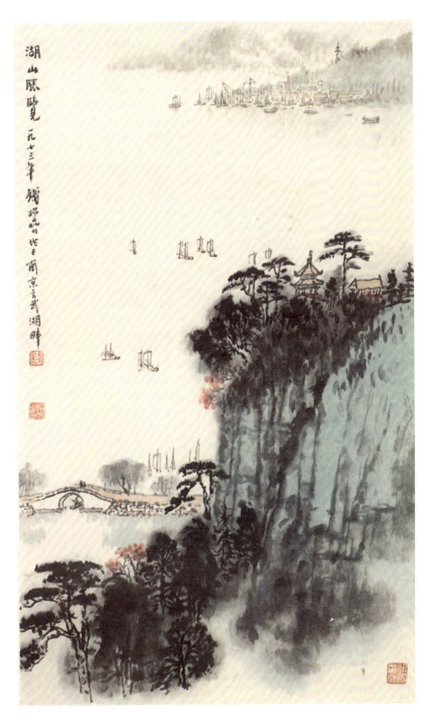

湖山胜览

钱松嵒　画

秋色满太湖

周怀民　画

寄畅清幽图

顾青蛟 画

惠山云起楼

陈德华　画

序一

  无锡，一座历史文化名城，斯文鼎盛，风雅千年。其文化脉络和历史光影在古代文人的笔底，流淌成一幅美妙的诗画图卷。

  无锡是吴文化的发祥地之一。范仲淹在诗中赞美泰伯说："至德本无名，宣尼一此评。能将天下让，知有圣人生。南国奔方远，西山道始亨。英灵岂不在，千古碧江横。"无锡独特的文化魅力和历史价值，在古人的诗里得到了最广泛流传和保存。

  无锡山有九龙，水有五湖，历代文人墨客们在无锡留连山水，创作了无数优美的诗篇，苏轼在诗中说："踏遍江南南岸山，逢山未免更留连。独携天上小团月，来试人间第二泉。"纳兰性德在词里说："江南好，真个到梁溪。一幅云林高士画，数行泉石故人题。还似梦游非？"无锡的自然美景在诗人的笔吟中得到了最生动的描绘。

  在无锡悠长的历史文脉中，诗词文化的繁盛和绵延，是无锡地方文化非常重要的一个特征。260年前，无锡人孙洙编成了名闻天下的《唐诗三百首》，至今依然是大家学诗的首选范本。对此，我曾以小诗表达感慨："此城无锡有鸿儒，淘出唐诗三百珠。江海高吟山步韵，粉丝十亿念孙洙。"542年前，秦观后裔秦旭在惠山脚下二泉之畔建碧山吟社，开无锡结社吟诵之风，历史上经历了五断五续，至今仍为诗人们吟聚歌咏的平台。中华诗词学会原常务副会长梁东先生参观了碧山吟社后感慨地说："碧山吟社是全国至今还活跃于诗坛的最古老的诗社，是活的文物啊！"碧山吟社及其诗词文化现象的存在，彰显了无锡诗词文化的渊源和深厚底蕴。

　　无锡的文化成就和历史地位，决定了诗词文化的延脉和发展。无锡诗人们感慨古人为无锡留下了这么多的经典诗篇，这些诗篇已经被各种版本的诗集所收录，同时又感慨当代无锡诗人及其吟诵无锡的诗词，却还没有一本比较全面的集子进行整理汇编。当看到无锡诗人准备编辑出版的《当代邑人咏无锡诗词选》时，我由衷地感到高兴和激动，因为这本书为当今诗词存照；为当今诗人立传，它填补了无锡诗词史上当代史的空白。

　　无锡的人文历史、自然景观，在古人的诗词里已经得到了较全面的展示。今天因为有了这本集子，我们又可以从当代无锡诗人的笔中看到新时代无锡经济和文化的发展，看到无锡城乡等各方面建设的崭新面貌。同时也看到无锡诗词文化的延续和发展，当代又诞生许许多多的诗人及他们的美好诗行，这种诗词文化现象将会有力地推动无锡的人文，乃至经济等各个方面的协同发展，将会为无锡带来令人惊羡的发展。

　　人文无锡，体现在无锡文化建设的多角度和广视野，诗词文化的繁荣，是无锡大文化建设不可或缺的重要内容。希望本书的出版能为无锡的文化事业锦上添花，同时作为检索当代无锡诗人的一部重要资料，为无锡诗人立传，为无锡诗词传声，使无锡成为江南文明、吴地文化最重要的阵地，实现城市文化软实力与影响力的不断提升，为无锡城市高质量全面发展赋能助力！

周文彰

2024 年 10 月 9 日

于北京寓所

（周文彰，中华诗词学会会长）

序二

中共无锡市梁溪区委宣传部、无锡市诗词协会编辑
《当代邑人咏无锡诗词选》，嘱余撰序，诗以代之：

吾邑居南国，古来水云乡。南临万顷泽，北倚千里江。
川渎接江湖，交参皆沧浪。九峰峙其间，溪泉玉淙淙。
泽润清佳景，四序供瞩望。春涛拍鼋渚，鸥鹭纷回翔。
一堤樱花雪，宛转逐风飔。夏荷生澄漪，掩映千步廊。
微风影摇曳，还共水月凉。秋声绕山寺，公孙叶叶黄。
纷飞阶下满，似锦铺夕阳。冬雪明佳园，横斜枝窥窗。
琼林疑罗浮，小径踏幽香。悠悠忆从前，历历溯流光。
泰伯有上德，三让奔遐荒。斯民多被发，锦体且卉裳。
甘临亲教化，风动开混茫。民心濡膏泽，句吴启新邦。
筑土以为城，治平复安疆。躬率授耒耜，耕稼长丰穰。
札札闻机梭，遍野皆蚕桑。从兹益蒸蒸，繁华自一方。
气象日多姿，欢热夜未央。列肆接河埠，画楼遍城厢。
衢沸迎送车，水织往来航。绮罗集九州，稌黍盈千仓。
人文亦粲然，莫道唯业商。专诸鱼隐刀，奋勇刺吴王。
曾经巷中塔，可以怀侠肠。五湖烟波客，一叶入泱泱。
同携佳人去，犹余西施庄。公子建斗城，饮马山涧泷。
沈忧水多患，乃立芙蓉塘。丹青传神者，痴绝顾长康。
啖蔗寻佳境，食尾又何妨。毫素推右军，古来谁颉颃。
观鹅悟大道，残墨涤池潢。玄奘传心灯，兰若生云祥。
东土小灵山，梵像殊昂藏。茶圣评名泉，独此非寻常。
古泉味何嘉，杯中萦甘芳。更惹坡仙来，欣然试茶汤。
欲买阳羡田，不慕紫薇郎。文山囚孤岛，怀抱安能降。
犹思效程婴，坦然赴国殇。潇洒倪元镇，独爱鹿门庞。

删繁就高简，落笔明如霜。高顾开东林，清流绕鳝堂。
心同嫠辍纬，针砭欲起僵。情景助吟哦，尽收诗人囊。
李绅怜黎农，赤日莳禾秧。诗以劝天下，勿使苍生忙。
曾经鹿门子，日暮倚石床。松涛与梵响，一例入诗行。
梁溪尤遂初，归栖水边冈。书藏万卷楼，琢句写海棠。
蒋生夜听雨，雨声时一滂。人生不胜愁，况味寄词腔。
烟霞十野翁，结社在山房。相亲互酬唱，诗句满丛篁。
贞观金缕曲，伤友别河梁。读之鼻欲辛，不啻范与张。
更有诸墨客，山水自徜徉。或上烟湖楫，秋风剥蟹筐。
或临大江岸，极目眺云樯。或寻阖闾城，故墟想鹰扬。
或辨马迹痕，茫惚追始皇。或浚旧园池，竹炉瀹寒浆。
或构凤谷窝，曲涧好传觞。或凭枕河槛，醉书酒家墙。
或立青石桥，闲听足音跫。俯仰皆风流，欸唾成诗章。
此道良不孤，赓续历久长。累代存佳什，珠玑簇耀铓。
如画摹形胜，栩栩见闉阇。如史通今古，故事存其纲。
奈何岁月迁，田畴幻汪洋。纷淆若蓬麻，支离混秕糠。
遂尔文气衰，世人爱鼓簧。狭管难窥豹，歧路嗟亡羊。
安能坐袖手，凋敝俟一匡。幸有识途马，携率行跄跄。
贤者复吟社，得众同赞襄。手植青梧桐，为巢雏凤凰。
一时若云萃，芳风渐乃昌。中有道兴公，温润比圭璋。
最怜乡梓美，亦爱驰诗场。乡梓与文藻，还思共弘彰。
欲辑桑里册，自倾囊中装。诚可毕初愿，岂须计酬偿。
殷勤邀诸子，矩坐细商量。诸子皆欣然，不辞为劳鲂。
但使无阙遗，阅尽万缥缃。日落灯以继，何论眼目伤。
但使无差池，似淬百炼钢。穷考韦编绝，会当录其详。
吾闻亦拊掌，乘兴酾酤坊。欲尽绵薄力，不禁情慨慷。
秃笔自不逮，浮夸耻荒唐。百韵实牵勉，呈倩恕愚狂。

徐龙

2024 年 3 月 1 日于梁溪

（徐龙，无锡市诗词协会会长、碧山吟社社长）

目　录

华文川

华文川（1861—1952），字艺三、艺珊，江苏无锡置煤浜人。清末举人，候补知县。为近代无锡实业家之一，喜习丹青，工山水、花卉。多才多艺，人称"艺三先生"。

荣君德生于次晨以歌舫款留，汤章诸君得"一宵春雨酿梅花"句，即席赋四绝句，并画梅花一幅以赠荣君，为梅园纪游之作

一宵春雨酿梅花，晓起珠光酝早霞。
万点累累开万树，枝枝璀璨实堪夸。

一宵春雨酿梅花，诗思方萦处士家。
啄句耐人怂细嚼，当筵端合拍红牙。

一宵春雨酿梅花，樽酒论交兴复加。
豪气元龙高百尺，溯洄几度赋蒹葭。

一宵春雨酿梅花，信步寻芳石径斜。
佳趣此中得不少，乡园日涉乐无涯。

陶守恒

陶守恒（1871—1951），字达三，江苏无锡人。曾在日本京都理化博物专门学校留学，回国后分别任南京高等师范学校和无锡竞志女校语文教员，后任无锡一中校长。

题《续梁溪诗钞》

手刊文钞记从前，又续风骚嗣响泉。
好向顾周分片席，名山盛业共流传。

六年雪纂风钞苦，谁识渔洋感旧心。
独抱道经弹古调，茫茫尘海几知音。

托始乾嘉全盛时，杨秦诸老撚吟髭。
道咸更自严声律，尽唱销魂绝妙词。

重拨红羊劫后灰，中兴应运出群才。
施钱崛起许秦继，字字都从血性来。

光宣以后变沧桑，竞尚新词是学亡。
赖有蓉湖称七子，重联吟社振颓纲。

侯鸿鉴

侯鸿鉴（1872—1961），字葆三，号梦狮，晚年自称病骥老人、汗漫生等，江苏无锡人，南社成员。终生从事教育实践和著述，推广当时国外先进的教学思想和教学方法，开创了江苏省女子教育的先河。著有《锡金乡土历史》《西南漫游记》等。

梅园写景

广筑园林凿砚泉，好留游客写吟篇。
空山寂寂无猿鹤，万树梅花伴我眠。

春来春去渺如烟，梅子成阴风雨绵。
莫道池轩无点缀，白莲低首拜红莲。

秋风生怕孤山冷，夜雨何妨栗里寒。
也学当年陶靖节，黄花载酒笑相看。

南禅寺

悠然一塔耸空霄，相对龙光七里遥。
众妙之门开宇宙，大江以北媲金焦。
夕阳鸟语频栖止，夜月铃声破寂寥。
七级巍峨高不动，万方过客首咸翘。

曹允文

曹允文（1875—1950），字慕虞，号梦渔，江苏无锡查家桥人。1896年，中金匮县秀才，后任上海文明书局编辑等职。著有《花萼集诗钞汇刻》《渔隐诗钞续编》等。

堠山绝顶望太湖

湖擅东南胜，登临极望遥。
水光吞笠泽，山色淡夫椒。
不辨吴兼越，惟看浪接霄。
奇峰七十二，隐约似堪招。

舟过宛溪

溪水碧于油，溪长水自流。
月乘山气上，风挟浪花浮。
银汉清如洗，罗衣冷似秋。
渔歌数声起，残梦醒孤舟。

登靖海门城楼

击棹绿萝边，登临意浩然。
凭栏迎紫气，俯堞映清涟。
山隐流霞外，秋生返照前。
吾庐遥望处，廿里接炊烟。

西施庄

欲访佳人迹，低回感慨多。
英雄争霸主，山野出宫娥。
台已游麋鹿，村还号苎萝。
暮禽啼月上，犹似和弦歌。

寄畅园

山色青青水色凉，知鱼槛畔芰荷香。
平桥屈曲眠清沼，杰阁嵯峨送夕阳。
树老几疑龙变化，亭空不碍鹤飞翔。
来寻宸翰留题处，片石墙阴碧草长。

云起楼

峰插层霄翠作堆，危阑高占绝尘埃。
卷帘鸟送笙歌至，触石龙随竹雨来。
廊倚层阶邀月上，泉烹隔院待风回。
遥看下界游人集，五里香塍拥不开。

秋晚过堠山下

秋色闲寻雨后山，流泉足下正潺潺。
风欺堕叶埋樵迹，霜约层峦换翠鬟。
东望暮云龙腿活，西来爽气鸭城环。
归途莫惜余霞尽，树杪初悬月一弯。

蓉湖夜泊

波光潋滟月华明，露下天高两岸平。
灯火星零廛市整，帆樯牙列舳舻横。
遥吞五泄湖间水，静听双河渡口更。
寂寂篷窗人不寐，数声画角起西城。

王汝崇

王汝崇（1875—1963），字峻崖，江苏无锡人。自幼习诗文，20世纪30年代与唐骧廷等创办丽新纺织厂及协新毛纺织染厂。工书法，曾题惠山"竹炉山房"匾额。

梅　园

招我探梅愿乐从，韶光烂漫解寒容。
暗香浮动透春色，索笑巡檐意兴浓。

梅花原是月中仙，万树园梅别有天。
不畏雪侵与霜晓，严寒奋斗独争先。

梅园念劬塔

许国凤

　　许国凤（1876—1960），字彝定，号仁盦，江苏无锡人。清光绪乙未秀才，丁酉举人。早年设塾授徒，钱基博、基厚兄弟均往受业，后至京，授内阁中书、学部主事职，工书法，尤精汉隶。著有《重台并蒂莲花馆诗集》。

病骥老人发起锡山吟社，闰端阳在沧一堂举行酒会，到吟友十人，即席口占奉和（1952）

合欢已过诗人节，逢闰诗人再举觞。
自道沧江留一粟，吟朋连袂共登堂。

诗社重开继碧山，十人雅集发俱斑。
软红扑去抚眠绿，恍奏云和流水间。

市府首长于中秋节柬邀诣碧山吟社开雅集会，爰赋五律，以志盛举（1959）

社设春申麓，时当成化初。
摩崖留片石，依涧葺新居。
路觅芙蓉径，陂寻古木墟。
捻须亭在否，游眺兴何如。

侯士绾

侯士绾（1881—1960），字皋生，江苏无锡人。1898年考入南洋公学，毕业后又被南洋公学选派赴日本留学。1903年从日本直接赴比利时鲁汶大学留学，学习铁路与矿务管理。1910年学成回国后，担任京汉铁路高级工程师。翻译有《史学论原》《社会主义》。

一九六〇年九月九日碧山社集，赋新重阳，拈得容字

金秋晴霁新重九，耄画园林发兴浓。
湖纳涧流涵倒影，山经膏沐濯丰容。
推敲频出铿锵句，陟降还随杖履踪。
宇宙无边策飞动，登高欲上白云峰。

游梅园二首

绮丽园林游及时，暗香浮动万千枝。
和羹调鼎由来重，破旧冲寒故是奇。
锦绣引开新境界，工农吟起好歌诗。
眼看海上三山近，换骨神方求莫迟。

东风掌握百花权，故遣寒梅开最先。
收摄冰霜返温暖，安排桃杏逐联翩。
啼莺语燕穿枝出，冻蝶猖蜂鼓翼前。
自是阳和真气象，回黄转绿日中天。

孙肇圻

孙肇圻（1881—1953），字北萱，号颂陀，晚号蒲石居士，江苏无锡石塘湾人。1902年中秀才，历任山东省教育研究所所长，江苏省教育厅秘书长，无锡万安市总董。著有《甲申杂咏》《箫心剑气楼纪事诗》等。

冒雨游梅园归途感赋

为爱名园景物新，芳郊车辙走辚辚。

可堪覆雨翻云日，犹见登山临水人。

城郭有时逃历劫，莺花无意媚残春。

万方一概吾安适，何处桃源好避秦。

题梅园八景

风廊消夏

丝丝垂柳翠烟抱，一曲芳塘半种荷。

消夏有湾成往事，何如此处晚凉多。

晴峦香雪

寻春结伴到山隈，瞥见梅花万树开。

不是长房工缩地，如何邓尉忽飞来。

山庄春晓

胜景天然画不如，幽人端合此中居。

春风迎客花如笑，万顷湖光一望余。

松径横云

买山有约不能闲，家傍清溪且闭关。

三径未荒人寂寂，林深时见白云还。

断岸涛声

水涨清溪一棹通，平山松影落晴空。
无端万斛涛声起，疑是曲江八月中。

盘涧流泉

一道飞泉出碧山，何当策杖听潺湲。
是谁指与丹青妙，曾看匡庐瀑布还。

枫林夕照

知是春花是夕阳，个中光景费猜详。
轻车倘载寻诗客，应有清词满锦囊。

小院秋灯

湖光山色晚来澄，院外新凉院里灯。
词客无须感摇落，秋声有赋读庐陵。

周云阁

周云阁（1881—1961），字冕群，号枕流，又自署庸庸，江苏无锡南方泉古溪下人。课徒自给。著有《芥轩诗词文稿》。

题雪浪禅院

到此无端暗自伤，古来人世几沧桑。
剧怜病老呻吟苦，忍看云衣变幻忙。
不悟禅机沉苦海，渡登彼岸有慈航。
梵天假我廿年寿，详解心经觉十方。

自梅园归，抵长桥，登宝界山

不见湖边细柳军，高冈赏览自欢欣。
何家别墅空秋草，杨子琼楼隔暮云。
夕日下时帆影远，炊烟起处笛声闻。
仲山老去唐公隐，夏屋渠渠临水濆。

次韵和邵文庄公宝、钱户部郎中世恩、秦兵部尚书国声等游竹山

自昔名人曾此游，我来恰好是深秋。
千帆风送行加速，万岭波翻势欲浮。
目共锦云飞北地，心随征雁到南州。
蓬门归去无多路，且对斜阳醉石头。

登雪浪怀蒋重珍先生

先生文采莫能几，风节尤为世所稀。
愧我残年仍白士，羡公壮岁傍皇扉。
坚辞爵禄终蒙许，乍上云霄即倦飞。
最是龙头欣独立，顿教令闻满邦畿。

壬子港晚眺

冻云漠漠满天空，不见崦嵫夕日红。
无限浪花争起落，几多渔艇各西东。
破乘壮志思宗子，退隐高风仰范公。
最是萧萧芦荻里，不知果否有英雄。

道过成性寺

旧地重临喜十分，忽焉泪下忆先君。
飞禽栖树方休翼，老衲还山乱踏云。
联袂同行人有侣，携筇独步我无群。
池塘屋舍争迎送，到得家门日久曛。

向宾讽

向宾讽（1884—1969），江苏江阴人。江苏省立师范毕业。1949 年前曾担任江阴县教育局局长。1953 年后为江苏文史馆馆员，曾担任无锡市政协常委。

春日放晴郊游漫兴三首

连袂梅园去，梅花作主人。
堆来千树雪，放出万枝春。
点缀湖山色，欢迎海陆宾。
和平行实现，光景一时新。

身在梅园里，相将作茗谈。
春迟花半放，饭罢日方酣。
老享箕畴九，人来陶径三。
茶余登眺乐，诗就我怀惭。

谈笑话东风，人心亿万同。
青山看一碧，绿野吐千红。
三月烟花好，十年树木丰。
百家鸣盛世，歌颂党成功。

陆青厓

陆青厓（1888—? ），号小琅嬛主人，江苏无锡人。工诗词，精鉴赏，喜收藏，擅书画，晚年喜作梅。尝铃自作"踏遍青山人未老"一印，编辑自印《陆青厓印集》。

蓉麓怀旧

远隔蓬山笑我今，不曾真个也情深。
苍茫烟水几相见，惆怅桃花未易寻。
旧日红楼人寂寂，天涯芳草影沉沉。
樊川最是伤春客，绿叶成阴恨不禁。

朱　烈

朱烈（1891—1973），字梦华，江苏无锡人。应荣德生之聘，担任公益工商中学教务长。1949年后，曾为苏南政治协商会议代表、苏南土改研究委员会委员、上海文史馆馆员。

梅园步月二首

红楼一角日边斜，帘幕深深护绛纱。
料峭新寒春寂寂，尚无消息到梅花。

三年罗浮总成梦，一片寒毡寄此身。
尽日烟云看未足，梅花又是一年春。

薛明剑

薛明剑（1895—1980），初名萼培、锷佩，后易名明剑、民剑，笔名民间侍者、民间老人，江苏无锡玉祁人。同盟会早期会员。

荆溪道中咏梅园

万树梅花景绝幽，湖光山色眼中收。
余生已晚空怀古，安得逋仙作伴游。

山灵休笑太荒唐，我为癯仙翰墨忙。
写到罗浮春好处，暗香惹起兴清狂。

梅园

邹云翔

邹云翔（1896—1988），江苏无锡周新人。曾执教于周新镇小学，后弃教从医。1954 年江苏省筹建中医院，应邀参加创办工作并先后任副院长、院长。

重九访高子水居

黑发依然旧，黄花物候新。

登高无丘阜，吊古有湘滨。

稚子问何为，鳅生叹守真。

安安行且去，暗暗日未申。

犬吠狺深巷，鱼游批逆鳞。

桃源缘乱避，利禄视飞尘。

地隔蒋君阁，车通李老亭。

风帆驰两越，水鸭落疏星。

荻管吹秋籁，渔歌唱晚听。

湖山此被幪，皓魄入门庭。

赫赫高夫子，悠悠旦月经。

东林明绝学，北阙谬雷霆。

道去冯夷得，身随屈子游。

荆榛盈水止，回禄者可楼。

黝木与颓瓦，纵横类首丘。

凄凉难寓目，唏嘘嗟生愁。

冯　振

　　冯振（1897—1983），原名冯汝铎，字振心，自号自然室主人，广西北流人。1927 至 1949 年，任无锡国学专修学校教师，兼教务主任等职。 1938 至 1946 年，任无锡国学专修学校代理校长。著有《自然室诗稿》《诗词作法举偶》《自然室杂著》等。

专诸塔遗迹

未必身应许，恩仇亦等闲。
只能轻一死，遂觉重如山。
凛烈鱼肠剑，轩昂壮士颜。
遗踪何处是，小屋寄城阛。

春假同柱尊、云潜看桃鼋渚，饮飞云阁

贪看桃花到处留，远驮枵腹上层楼。
杯中酒比春潮满，湖上山如碧玉浮。
对此径须忘主客，买山深恐笑巢由。
残阳万顷不归去，欲逐烟波狎白鸥。

梅园探梅

梅花可感我知音，我为梅花岁几临。
七载于今无间断，万方多难苦沉吟。
折来每恨何由寄，爱极翻愁不可簪。
好把一枝相伴醉，坐看绿叶又成阴。

无锡公园作

满园红紫斗芳菲，已落犹开两不知。
别有惜春心事在，海棠花下立多时。

胡念倩

胡念倩（1897—1960），名启元，字念倩，以字行，江苏无锡张泾桥人。
著有《泾浜老屋诗稿》。

游胶山杂诗四首

芳时佳节当三月，来汲清泉煮绿茶。
十里青山迎客笑，篱边况复野桃花。

两山环合径斜横，山寺炉烟袅篆轻。
犹见村娃斗草处，始知前日是清明。

摘得野花手自持，山前缓步日斜时。
松风曲径行人少，为访商贤胶墓碑。

且趁晴和结队游，抚松藉草对清讴。
归来不觉时光暮，处处炊烟瓦上浮。

胡子丹

胡子丹（1898—1990），祖籍徽州婺源，生于江苏无锡。曾主办无锡地方报刊《名公园》等。1949年后，担任过无锡木业工会主席，后供职于外贸印刷厂直至退休。

碧山吟社邀赏杜鹃花二首

妙质逢时好占魁，不和众卉落尘埃。
春风日丽熏涵尔，笑彼伊人温室栽。

绰约风姿缀锦屏，吴宫花草莫争衡。
缤纷奕奕艳阳里，谁说冶容城可倾。

张涤俗

张涤俗（1899—1984），江苏无锡人。善书法，精音韵，江南诗词学会发起人之一。中国书法家协会江苏分会会员，无锡市政协委员，无锡书画院专职画师。

蠡园二咏

亭台掩映夕阳烟，杨柳迎风翠拂肩。
依约渔村回首望，轻车归去尚留连。

山光明媚水平铺，短棹轻舟任为纤。
最爱烟波残照里，风情端不让西湖。

王蘧常

王蘧常（1900—1989），字瑷仲，号明两，别号涤如，浙江嘉兴人。1920年进入无锡国学专修馆。上海交通大学、光华大学、复旦大学教授。著有《顾亭林诗集汇注》《明两庐诗》等。

无锡道中别复堂诸子（癸亥）

匆匆岁月又成别，眼断吴山剩泪丝。
堤柳不知人去尽，雨中还放可怜枝。

和勖纯春申涧偶见诗（癸亥）

梅落江城野水肥，玉箫处处夕阳稀。
凌波几点惊鸿影，不化鸳鸯不肯飞。

坐范蠡湖小阁，遇某道人自言能琴，偶成（癸亥）

倚槛范湖上，萧萧暑渐沉。
夕阳制花影，水气逗秋阴。
野树当门大，乱荷入雨瘖。
一年春夏尽，忍听履霜吟。

与唐兰盦、吴苣馨登云起楼（癸亥）

知非吾土漫相亲，徙倚高楼一怆神。
莽莽江山余此地，离离禾黍彼何人。
白云引梦三千里，红树惊心二十春。
满地风波归岂得，几回搔首欲沾巾。

钱海岳

钱海岳（1901—1968），江苏无锡人。曾任南京大学历史系教授。著有《哀蝉落叶集》《浣花楼诗集》《明清故宫词》等。

庚申孟春偕济民、素仙来无锡同游梅园

春风一夜具区回，万树梅花似雪开。
折得琼瑶无寄处，满天明月鹤飞来。

廿三日游寄畅园

落红多向镜中飞，和雨和烟欲上衣。
鹧鸪一声春去也，知鱼槛外鳜鱼肥。

婚后明日，两家乘汽船游鼋头渚项王庙，凤梧缪珠慧同

具区望不及，观海亦来同。
目扫遥天绿，口吞浴日红。
包涵无小大，风雨见霞虹。
纵目鼋头渚，曾云直荡胸。

嫁娶朱陈好，同舟入杳冥。
波平鼋首镇，涛响霸王灵。
莼兴渺然动，瀛谈相向听。
年年好载酒，盛会此扬舲。

阴景曙

阴景曙（1903—2007），江苏阜宁人。一生从事教育工作，曾任无锡市政协副主席。

秋日游鼋头渚

万顷波涛眼底收，沙鸥逐水伴渔舟。
湖山秋色游人醉，无限风光数此头。

周可宝

周可宝（1903—1995），字祖云，江苏宜兴人。长期在无锡市建设局工作，曾任无锡市人大代表、政协委员。著有《周可宝诗抄》。

秋兴兼诗社社课

江南十月雁来迟，黄叶秋风系我思。
自古英雄多屈抑，从今志士任驱驰。
刘琨老矣何能剑，子美忧时但写诗。
清世不须伤晚暮，煎茶煮酒唤敲棋。

孙伯亮

孙伯亮（1903—1988），字晴梅，别署晴梅馆主，江苏无锡人。早年从名士杨楚孙游。曾任职无锡报社。著有《晴梅诗稿》。

游鼋头渚遇雨喜即放晴

揭来对酒转生愁，闲向五湖觅钓舟。
红叶不因秋思老，残荷犹为雨声留。
浪高风拥三山没，云散天开一塔浮。
欲访高公濯足处，夕阳残照满鼋头。

程景溪

程景溪（1905—？），字南隐，号梁溪霞景楼，江苏无锡人，定居上海。从青浦沈瘦东学画，收藏书画甚丰。工诗，著有《霞景楼诗存》《霞景楼唱和集》。

万卷楼，南宋尤文简公读书处，在惠麓二泉亭上

涧松鸣逸响，知奏五弦琴。
南渡朝廷小，西神洞壑深。
泉甘许廉汲，境静得微吟。
千载思高致，风清月在林。

吴寿彭

吴寿彭（1906—1987），号润畲，江苏无锡东湖塘人。1926年毕业于南洋公学（今上海交通大学）机械工程系，先后在赣、浙、湘等省军政机关任职，文理兼修。著有《大树山房诗集》等。

鸿山梁孟祠

涂泥见到此人无，何故明时作噫吁。
不道孟光工举案，低天鱼米胜京都。

惠山五里街

上到三茅峰上望，平畴万顷谷新登。
山边况复多花草，缓缓香归五里塍。

蠡湖高子水居

忧来慵搁焦林易，起视倪迂水墨图。
一曲漪澜山委婉，斜阳雁背入菰芦。

雪浪山蒋子阁

西岩崩石未惊心，日听虬龙对水吟。
闻说楼台湖里有，可能湖雾拨开寻。

华　藏

底事他乡不早还，他乡无此好湖山。
清波漾去群峰远，乘兴舟游第几湾。

惠山自寄畅园经无锡博物馆看明清书画展览，转上竹炉山房

常嫌工技太匆忙，闲赏明清仕女妆。
腰脚已非往岁健，犹能勃窣上山房。

杨景燧

杨景燧（1907—2000），字通谊，江苏无锡人。1930年毕业于美国麻省理工学院，曾获电工科学学士及工业管理科学硕士学位，后为该校终身荣誉院士。1950年任上海广新银行的董事长。著有《双松翠鼟馆诗词稿》《趋庭隅录》。

题贯华阁图三首

旧梦重温只惘然，贯华阁高矗孤烟。
死生师友无穷恨，寄于梁汾一线缘。

红泥碧树镇相依，池上闲房映远晖。
漫把恩私比飞絮，红窗吹出便难归。

赎命词填傲骨侬，死生师友恋春晖。
恩私飞絮增惆怅，载得亲情一舸归。

王汝霖

王汝霖（1907—2003），字邻雨，号雨林、稚林，晚号西河老人，江苏无锡人。毕业于中央大学。喜丹青，师从胡汀鹭、吕凤子，工山水花卉，1949年后从事教育工作20余年。无锡市政协委员，无锡书画院画师。

雨中游惠山黄公涧

春申涧水来，雨季正黄梅。
万马奔腾下，山高满壑雷。

许瘦峰

许瘦峰（1908—1997），又名许晓晴、许永泰，号瘦庐老人，江苏扬州江都人。烈士许晓轩的兄长。20世纪30年代到无锡生活，抗战时携全家至重庆生活，后定居无锡，曾任无锡漂染厂副厂长。

登鼋渚

扁舟上鼋头，独立一长啸。
三万千顷波，何处客垂钓。

无锡运河改道通航志喜

改道运河绕锡山，龙光塔影落波间。
水清山秀天然画，何日扁舟任往还。

钱锺书

钱锺书（1910—1998），原名仰先，字哲良，后改名锺书，字默存，号槐聚，江苏无锡人。1929年考入清华大学，1937年毕业于牛津大学。历任西南联大、暨南大学、清华大学教授，中国社会科学院副院长等职。著有《宋诗选注》《槐聚诗存》《围城》等。今人辑有《钱锺书集》。

还乡杂诗

浅梦深帷人未醒，街声呼彻睡忪惺。
高腔低韵天然籁，也当晨窗唤起听。

深浅枫如被酒红，杉松偃蹇翠浮空。
残秋景物秾春色，烘染丹青见化工。

未甘闾里竟浮沉，湖海飘姚有夙心。
一首移文惭列壑，故山如此负登临。

还　家

出郭青山解送迎，劫余弥怯近乡情。
故人不见多新冢，长物原无只短檠。
重觅钓游嗟世换，惯经离乱觉家轻。
十年湖海浮沉久，又卧荒斋听柝声。

钱锺汉

钱锺汉（1911—1982），江苏无锡人。毕业于上海光华大学，先后任教于光华大学附属中学、无锡中等学校。1947年当选为国民政府无锡县参议员。后历任无锡市人大代表、市政协副主席、民建无锡市主委。

谒钱王祠

朱门寂寂向湖开，冷落祠前满地苔。
五代衣冠初日里，四山钟鼓早朝来。
莺声已逐江涛远，柳浪却惊画角哀。
自古英雄多草莽，王孙莫泣尽余灰。

鼋头渚

刘览庭

刘览庭（1912—1995），江苏无锡人。毕业于无锡国学专修学校，钻研古典文学，长期从事文字工作。著有《雪泥鸿爪集》《嘤鸣集》《词谱补缺》《诗词浅说》等。

菩萨蛮·马迹山龙头

烟波万顷长天接，西风卷起千堆雪。隐约望秋山，湖流天地间。龙头相对立，唯见孤帆急。何事破岑寥，潮声随浪高。

南楼令·再游梅园

红绽雨中花，珠光泛碧霞。遍斜坡，冷玉交加。漫步天心台上立，清溪绕，石峰遮。　招鹤到天涯，孤山处士家。小罗浮，梦逗芳华。正是名园香雪海，低头拜，一生赊。

满庭芳·南禅寺

梁代丛林，江南胜地，仅存鲁殿灵光。宋时建塔，负郭立苍茫。为怖神蛟镇恶，旋穿顶，突射光芒。曾添列，锡山八景，博得妙光扬。　三桥环抱处，南禅古刹，精舍黄墙。望梵宫隔岸，回绕水乡。塔际登临纵目，天风荡，春树万坊。凭揽取，龙山屏障，如带运河长。

孤雁儿·止水

方池止水千秋耀，存正气，高子浩。阍珰缇骑夜推门，楼上孤灯荧照。遗疏书顷，整衣冠带，投水天方晓。　从容就义标清操，冠不湿，履无淖。泰然瞑目竟归真，池竹潇潇凭吊。东南水曲，涓流如线，声播琴音袅。

苏幕遮·承贤桥

架承贤，三箭上。桥下清流，寒碧浸人爽。俯瞰游鳞濠水趣，岸柳青槐，幽迥林泉赏。　隐西宾，教会创。花木扶疏，绿草如茵凼。备览书堂卷帙藏，远隔市嚣，高树蝉声唱。

踏莎行·希夷道院

谈易辞微，幽居辟谷。宫廷赐号希夷肃。巷深道院奉香灯，儒生广宇经书熟。　代远式微，香火寥落。道人欲举难为续。草原地旷任驱驰，纸鸢鸣越乘风北。

小娄巷佚园

徐静渔

徐静渔（1912—1994），江苏南通人。曾任无锡市副市长。1982年9月创办无锡书法艺术专科学校。工古诗词，1986年倡导并赓续了碧山吟社。著有《临池轩诗草》。

咏鼋头渚

具区揽胜数鼋头，山复水重眼底收。
簇簇峰峦拥翠立，茫茫湖水带烟流。
日升日落霞光灿，涛去涛来彩色幽。
试问仙源何处有，太湖便是小瀛洲。

蠡园即景

名园揽胜入仙乡，飞宇高甍斗艳妆。
青石千方凝巧窟，朱栏一抹托长廊。
烟波湖里画船瘦，岚气山头野日黄。
谁说瀛洲仙境好，蠡园深处更风光。

太湖纪游

秋高气爽多佳日，兴至漫游碧水边。
万顷波涛万顷雪，几重岚气几重烟。
渔舟操作散还合，樵斧辛劳月复年。
湖媚山辉分外灿，临流不觉激情添。

中秋游锡惠公园

中秋佳节逸情飞，信步湖山不忍归。
塔影玲珑横翠岭，彩灯万点都清辉。

刘季梅

刘季梅（1912—2003），江苏淮安人。新中国成立后，为无锡市工商联职工。碧山吟社名誉理事。著有《小楼春秋》。

游无锡蠡园

轻阴正是旅游天，缓步园堤柳拂肩。
水媚景幽真可喜，山奇石怪假犹怜。
重观碑字思坡老，长对烟波忆蠡贤。
此处渔翁应最乐，系舟买酒醉湖边。

拆迁荣巷

陋室盘桓数十年，仅堪容膝亦欣然。
余生已幸逢安定，垂老何期遇拆迁。
事不寻常疑幻梦，人须洒脱学神仙。
小楼喜与梅园近，天赐芳邻信有缘。

得闲爱坐小楼前，浏览风光不用钱。
一片青山秋雨后，半轮新月夕阳边。
衰杨垂鬓难遮老，尖柏昂头欲刺天。
草木荣枯何足论，人间自古有愚贤。

陈砚云

陈砚云（1913—？），江苏无锡人。原无锡第一毛纺厂干部，曾任碧山吟社名誉理事。著有《沧海吟草》。

蠡 园

湖上玲珑尽螯丘，峰连幽洞绕清流。
三边柳岸浮银浪，四季亭旁矗翠楼。
云影远山浮小渚，波粼近域赛扁舟。
开轩含宇春秋阁，千步长廊韵独幽。

游寄畅园二首

凭栏对影小池边，水浅池方半亩田。
高筑回廊缘石壁，形如坐井仰观天。

俯身穿洞探幽径，洞水淙淙有八音。
踏过小桥池畔憩，玲珑山石映疏林。

惠山寄畅园

沙陆墟

沙陆墟（1914—1993），江苏无锡陆区桥（今惠山区阳山镇）人。通俗小说家，先后出版《少妇过瑛》《粉墨生涯》《魂断梨园》《太湖两女杰》等20部小说。

竹枝词三首

家住阳山东又东，杏梅桃李笑东风。
溪边少女微微笑，锅里饭香田里红。

处处高楼起陌阡，家家户户庆丰年。
如今七十还嫌小，百岁老翁绿树边。

不愁柴米不愁鱼，笑逐颜开富积储。
请问阿哥何处去，图书馆里去看书。

王传麟

王传麟（1914—？），浙江绍兴人。历任无锡压缩机厂副厂长、工程师，以及南长区副区长、区人大副主任、区政协副主席等职。

游太空城感怀

无锡重光四五年，文明建设谱新篇。
二泉映月闻霄汉，万顷惊涛助管弦。
星座腾飞星际外，太空映对太湖边。
归休人老心犹炽，健步游园别有天。

胡其清

胡其清（1916—2000），江苏无锡人。曾任碧山吟社副社长，著有《胡其清诗词集》。

冬至后三日赴拖山赏橘二首

迤逦看山入太湖，赭红暗绿未凋枯。
风高舟荡波光闪，三两英姿拂浪浮。

此山彼屿枕湖心，后岭前坡点万金。
阵浪拍堤声寂寂，淡云窥水影沉沉。

季　雨

季雨（1917—？），江苏沭阳人。曾任无锡市北塘区人大主任。

游鼋头渚

太湖风景数鼋头，到此忘机意境幽。
落日晚霞流万顷，悠然天地一沙鸥。

咏太湖

梅梁景色数鼋头，山水亭台林壑幽。
鹿顶朝晖铺绿野，龟山夕照映清流。
风帆点点烟波里，云树葱葱眼底收。
小憩凭栏观胜景，翠峰环绕杏花楼。

陈其昌

陈其昌（1918—2011），江苏无锡人。毕业于无锡国学专修学校，曾任无锡市第六中学语文教师。碧山吟社名誉理事。

乡贤倪云林画赞

不图名利不图仕，只爱丹青只爱闲。
疏淡风神描意境，淋漓水墨绘江关。
千秋宗派高难及，八怪扬州差可攀。
荟萃人间灵秀气，胸中丘壑画中山。

访卞玉京墓

一路闲花缓缓来，青山绿水望中开。
芳名赢得史诗里，香冢空存锦树偎。
地下红颜应识我，人间词客恨非才。
龙山山下茱萸节，吟罢低徊不忍回。

二泉亭即景

日照云开气象新，二泉亭上有来宾。
弦歌映月声声曲，楼阁迎风处处春。
山鸟也知红粉乐，池鱼偏有白头亲。
龙光一塔巍然在，阅尽沧桑几许人。

史克方

史克方（1918—2005），号可风，字芥夫，江苏宜兴人。毕业于北京教育行政学院，先后在无锡辅仁中学、市二中、无锡师范等学校担任教导主任、校长等职。创建江南书画院，任院长。曾任碧山吟社副社长。著有《追远斋存稿》。

惠山寺即兴

江南佳色此居先，第一名山第二泉。
映月听松皆逸趣，声声击鼓大同年。

汪耀奎

汪耀奎（1918—1989），字海若，斋曰百尺楼、秋水吟馆，江苏无锡西直街人。为新万兴面馆老板。早年就读于无锡国学专修学校，师从胡汀鹭学画，又投程景溪门下学诗文。

寄畅园品茶赠诸茶友

爱此园林景色佳，故人相对一杯茶。
山林泉石谁为主，日日能来便是家。

严古津

严古津（1918—1975），原名署根，字古津，别号沧浪生，江苏无锡寨门人。早年毕业于无锡国学专修学校，曾受业钱名山、王蘧常、钱仲联、夏承焘等文坛泰斗。著有《沧浪生诗稿》。

怀春日惠山

香塍五里绿云遮，滚滚东风弄菜花。
不待莼鲈归意动，难忘锡谷煮春茶。

过茹经堂二首

碧瓦朱栏映柳黄，水光泛漾入回廊。
伏生老死遗经尽，重过青山吊影堂。

松篁堂榭夜窗虚，小子低回此故居。
人事自生今日意，不须重话老尚书。

惠山看木樨二首

飘然节杖过芦塘，迎面林峦叶未黄。
一任池荷摇落尽，金风为送木樨香。

抱疾犹能咏小诗，饮泉冷暖自家知。
长安陌上花经眼，惜取南山桂一枝。

陆玄默

陆玄默（1919—1987），原名慕嵩，字效之，江苏无锡人。中等专业学校毕业，历任小学及中学教师、校长。早年为上海乐天诗社社员，后加入碧山吟社。著有《金城一年吟》。

蠡湖闲眺

拄杖郊原外，江山莽苍中。
烟笼千树翠，日浴半湖红。
点点鸥相集，迢迢雁来通。
垂杨春意泄，吹拂待轻风。

游雪浪山用外父韵

驰誉遐迩久，莫道小峦岗。
倚楹谭云阁，披襟独露堂。
翠屏山宛宛，红树野茫茫。
北望收帆处，桥横是石塘。

唐平湖上

过却清明错却春，一春懒作看花人。
闲来只向湖边坐，鸥鹭忘机渐欲亲。

游军嶂山龙寺

拂拂东风吹帽裙，游春仕女灿如云。
麝兰香扑千夫醉，语笑声传百里闻。
湖广波澜看壮阔，世衰胜迹废烟氛。
一般异代兴怀地，来对山僧话建文。

中秋长广溪畔

西风索索暮云收，耿耿银河寂寂流。
一片空灵天在水，万家哀乐月当头。
夜深渔火依芦渚，露冷眠鸥起蓼洲。
沐浴清光迷向背，置身疑在广寒游。

张连翔

张连翔（1919—1997），江苏无锡人。崇安区原纪委书记，离休干部。

晴日与同仁游太湖

尽日太湖游，乘船逸兴稠。
园桃红树美，渚泊绿林幽。
宝界龙恬卧，三山龟静休。
水天成一色，万象眼中收。

邓新诚

邓新诚（1919—？），江苏盐城阜宁人。1944年参加革命。曾任无锡市南长区人大副主任、碧山吟社副社长。著有《两坡离草》。

锡惠公园观菊展

满园金甲妙无伦，观赏人流摄影频。
国色天姿多淡雅，凝霜晚节倍精神。
芳心馥郁香三径，傲骨嶙峋洁一身。
陶令若逢今盛世，何须归隐避嚣尘。

钱亦农

钱亦农（1921—?），定居无锡，中国书法研究社会员，陕西省书协会员，江南书画院顾问。军旅书法家，赓续碧山吟社主要发起人。著有《钱亦农行书诗草》。

吊屈原并祝端阳节为诗人节

丹心报国成遗恨，甘愿投江化怒涛。
衡岳含悲垂热泪，洞庭郁愤冲寒宵。
千年艺苑流风甚，百代诗情逐浪高。
欲振骚坛开伟业，汨罗旗鼓聚英豪。

刘　华

刘华（1921—2004），总参谋部副师级干部，碧山吟社原副社长，著有《二泉吟草》《诗联趣闻》。

贺春华诗社十五周年社庆

激浊扬清十五年，弘扬国粹总当先。
人间忧乐心头挂，天下风云笔底牵。

朱士嵩

朱士嵩（1923—2001），字盘金，号一用亭主，江苏无锡人。著有《市侩道人诗词集》。

秋波媚·古银杏

银杏虬枝现衰容，拄杖说龙钟。大同殿旁，御碑亭后，枕石听松。　凋零莫怪秋来早，黄叶坠西风。单株少伴，接班未植，寄语无从。

秋波媚·寄畅园

灰白高垣绕秦园，侧耳静无喧。人文古迹，山光水色，未入观看。　昔年曾作常游地，疏远故人前。门开一半，门票二块，只是囊悭。

秋波媚·映山湖

频说沧桑映山湖，荒垅满薪樗。荆榛诛刈，穷泉挖掘，记得当初。　如今都爱粼粼水，倒影不模糊。小舟荡漾，涟漪微动，惊起游鱼。

秋波媚·御碑亭

皇上题诗似雷同，到处咏春风。山林确好，饰辞却妥，滥调精通。　行书笔墨皆言妙，竭尽老奴忠。建亭刻石，千秋传颂，自谓臣功。

朝中措·愚公谷

愚公谷里说愚公，那个是愚公。廊绕荷塘残盖，凭栏几度秋风。 其功尚在，其人何在，来去匆匆。零落霜林掩映，须看明岁花红。

朝中措·碧山吟社

升阶庭院寂无声，漫对塔峥嵘。廊壁几张图画，进门不受欢迎。 诗人组社，风流占尽，空有深情。遥望天高云淡，一山松柏青青。

惠山寄畅园七星桥

冯其庸

冯其庸（1924—2017），江苏无锡人。著名红学家、史学家、书法家和画家。毕业于无锡国学专修学校，历任中国人民大学教授、中国艺术研究院副院长、中国红楼梦学会会长、中国戏曲学会副会长、中国作家协会会员、北京市文联理事、《红楼梦学刊》主编等职。

忆太湖

一别故乡五十年，梦魂常绕太湖边。
蠡园月色梅园梦，恰似春云在眼前。

题东林书院

五十年前旧梦遥，东林重到认前朝。
依庸得入添踪迹，独立风标仰顾高。

呈湖山诗社张、诸二公

东林剩有草纵横，海内何人续旧盟。
今日湖山重结社，振兴绝学仗先生。

严公然

严公然（1926—），江苏南通人。中共党员，大专文化。1944年参加新四军，1949年4月23日随大军渡江到无锡，担任军管会总务科长。先后担任无锡茂新面粉厂厂长兼书记、无锡柴油机厂第一副书记、无锡压缩机厂厂长兼书记、无锡机床厂厂长兼书记等职务，1987年离休。曾任无锡市诗词协会顾问、碧山吟社顾问。

蠡园假山

玲珑剔透天然美，峻岭奇峰曲径通。
叠嶂层峦浮绿水，林泉涧壑夺天工。

蠡园长廊

蔡学标

蔡学标（1926—2014），1944年11月参加革命工作，1947年7月加入中国共产党。曾任无锡市园林管理局党委副书记，碧山吟社社长。

杜鹃花

鹃喋惠山东，梁溪耀彩虹。
浑如晴雪洁，亦似蔚云彤。
自遇怜才主，更为悦己容。
但期村巷里，遍拂市花风。

太湖杂咏

一望山光水色新，防污治藻赞功成。
清闲辟得忘机地，冶性添来破浪行。
吊古访今临胜境，穿云破雾入蓬瀛。
至希生态平衡律，共守同遵颂濯缨。

韩　克

韩克（1928—），江苏无锡人。无锡市档案局原副局长，碧山吟社原副社长。

惠山吟

古刹钟声远，山前绿水长。
二泉邀夜月，龙塔沐朝阳。
索道凌空越，游船任意航。
泥人迎贵客，四季有花香。

邹忆萱

邹忆萱（1927—），名邹毅，字忆萱，号漪轩，以字行，江苏无锡人。原中国民主同盟会会员，山东纺织工学院（今青岛大学）副教授，长期教授中国古代文学，载入《无锡名人辞典》。著述积稿数十万字。

惠山谒张中丞庙

依旧丹青夕照中，庙前道路觅遗踪。
游人争赞惠山色，谁说江淮绝代功。

惠山五里街吊张中丞庙遗址

春事变迁也太匆，庙成通路渺遗踪。
原街埋失翠屏里，香火长消烟云中。
新景自今佐美酒，老台正此倚东风。
一方护佑睢阳节，长忆江淮绝对功。

泰伯祠旧址愚公谷

犹知三代被仁风，新谷老山又不同。
胜地增名留庙貌，故祠多侣觅行踪。
教行周邑岐山外，化处惠泉让水中。
至德有知宜笑慰，江蛮今日尽愚公。

彭楚纯

彭楚纯（1930—），湖南醴陵人。原总参谋部干休所离休干部。高级工程师。1987年获国家科学技术进步特等奖。中国毛泽东诗词研究会会员，江苏省诗词协会会员，碧山吟社社员。

水调歌头·无锡月亮湾度假区

一览月湾景，欲醉太湖秋。树林苍翠，藏将行影小洋楼。澄澈清泉映照，闪烁波光翻动，曲径巧通幽。生态尤为好，歌笑满田畴。　山青翠，湖明媚，水涓流。风霜高洁，诗情画意涌心头。梦入桃花园里，幻向人间仙境，飘渺广寒游。为有田园乐，愁怨付东流。

念奴娇·鼋头渚

春光明媚，喜风轻云逸，莺歌蜂舞。漫步石桥坑坎路，通向碧空前渚。怒放樱花，生机勃勃，可使湖区妩。更看亭阁，碧波烟树相辅。　薄雾隐现三山，耸于湖里，经几多寒暑。湖面上风波起伏，游艇渔舟三五。笑逐颜开，歌声不断，直使游人慕。开心舒意，宛如观赏天府。

徐建标

徐建标（1933—），江苏建湖人。1947年参加革命，先后在部队、农村行医，1975年调入无锡第四人民医院。碧山吟社原副社长、秘书长。著有《半路吟草》。

春游太湖

青山环绿水，白浪涌三洲。
气接南天远，波奔东海流。
深林莺语哢，曲径柳烟柔。
春缀太湖景，难忘此地游。

戴锡铭

戴锡铭（1935—），江苏无锡人。中共党员，大专学历。无锡市第一棉纺织厂原高级工程师。无锡市诗词协会会员。

滨湖分会严家桥采风

秋日吴乡朗朗清，采风骚客锡东行。
唐家几代春源布，袁氏一心丝竹声。
每座码头留岁月，此方水土养民生。
回看稻菽千层浪，当念燕归桑梓情。

长相思·清名桥文化街区

伯渎桥，大公桥，水陆全无机器嚣。全天静到宵。　小旗摇，大船摇，桥上游人乐舞逍。舒心挥手招。

张产胜

张产胜（1936—），江苏无锡人。大专文化。1956年春参军，1987年转业地方工作，1997年4月起任无锡市南长区区委副书记、区人大主任。曾任江苏省诗词协会常务理事、无锡市诗词协会常务副会长。著有《岁月吟痕》《太湖寻韵集》。

中视影城

水泊梁山气势宏，吴宫魏寨盛唐弓。
当年逐鹿霸王事，都在渔樵谈笑中。

善卷洞天

鬼斧神工入细微，霓虹映照石生辉。
游人趋步龙岩洞，如入瑶台已忘归。

参观古窑遗址博物馆

伯渎桥端古迹存，八方游客入窑门。
京杭多少高楼里，谁见当年挥汗人。

沈道初

沈道初（1938—），笔名沈文华、孙诚，江苏无锡人。南京大学历史系教授。著有《锡梅诗集》《中国的皇帝》《吴地音乐戏曲》《独联体东欧纵横》《中国酒文化应用辞典》等。

参加江南诗词协会第二次理事会感兴三首

湖天一色水云遥，震泽风光画意饶。
七十二峰工点染，云林仙笔昔曾描。

青山绿水万年长，吴越春秋古战场。
范蠡西施渔隐地，梁溪史话著芬芳。

漫脱春衫浣酒红，江南五月遍熏风。
心潮澎湃泛归棹，人在湖山图画中。

臧　穗

臧穗（1938—），江苏无锡人。1959年参军，1995年7月晋升空军中将军衔。

赞安阳书院

牛卧狮雄山叠翠，清清溪水四周回。
百年银杏浓阴笼，明代石桥孺子来。
天赐读书佳所在，师循古训出英才。
贤良培育有多少，桃李芬芳真乐哉。

陈允吉

陈允吉（1939—），江苏无锡厚桥人。复旦大学中文系教授，中国古代文学博士生导师。曾担任教育部中文学科教学指导委员会委员、中国唐代文学学会常务理事、中国王维研究会会长、云南大学文学院客座教授、温州大学兼职教授、西北大学国际唐代研究中心宗教部兼职研究员。

厚桥十景（十选四）

西仓小镇

枕亚题诗著墨痕，西仓传柬月黄昏。
耗君几许才人泪，造就玉梨哀艳魂。

宛山石塔

暌别宛山五十年，湖光塔影尚悠然。
残宵昨梦登高处，指点河梁识故廛。

前涧新桥

街南邃涧背村流，阡堰风轻郁翠浮。
最忆儿时桥上过，动人心魄是乡愁。

张氏祠堂

废置祠堂付育材，傍门并列两盘槐。
暮春复彻蓝天下，苜蓿花繁锦幛开。

张伯良

张伯良（1939—），江南大学设计学院退休教师。中华诗词学会会员，曾任无锡市诗词协会副会长、碧山吟社副社长。

万顷堂前二首

万顷堂前万顷茫，逗来诗兴远神扬。
一瓢取作砚池水，草就新吟百十行。

犊岛箕山锦绣堆，鼋头侧影向朝晖。
吴娃半面明妆现，已觉湖山增异辉。

包孕吴越

荣国英

荣国英（1939—），江苏苏州人。曾任《无锡县报》《锡山日报》总编辑，无锡市新闻学会副会长、记者协会副主席。出版有新闻、语言、诗歌等文集。

天下第二泉

茶圣一朝游惠山，二泉千载美名传。
夜来池水映明月，琴曲悠扬上九天。

满江红·五里湖

千顷银波，青山映，辋川天绘。春未了、荻芦并茂，菰蒲齐翠。巢筑苇丛鸥鸟返，草生浅底游鱼戏。泽畔行、看绿树芳菲，心神醉。　生态好，佳园配。长桥壮，高喷嵬。感张渤开犊，攀龙沉水。蒋子遂初文气盛，西施范蠡传闻美。皆往矣，共筑未来城，明珠媚。

沁园春·鼋渚胜景

潜隐团身，探首大泽，欲渡未行。看巨岩突兀，惊涛拍岸；摩崖壁立，绿树攀屏。点点风帆，翩翩鸥影，浩渺烟波数嶂青。望三岛，似蓬莱仙界，缥缈云兴。　太湖蕴秀钟灵，惟鼋渚堪承佳绝名。有重峦复水，山辉川媚；嘉园美屋，林暗亭明。时值阳春，群芳添彩，熙攘游人争赏樱。花易谢，愿三才和协，恒久同赢。

陈祥华

陈祥华（1939— ），江苏宜兴人。无锡市诗词协会会员、碧山吟社社员。

青山谒高攀龙墓

魂寄青山下，冤沉碧水中。
心怀家国事，正气贯长虹。

浣溪沙·石塘秋韵

霜叶缤纷作蝶飞，芦花似雪鹊儿啼。鱼虾细数渡头西。　紫陌红尘皆远去，清流碧野总迷离。且将好景入新诗。

眼儿媚·钱桥老街

横水环山锡城西，一拱跨洋溪。且看街巷，参差黛瓦，遥映清辉。　地灵人杰千年矣，文理艺工齐。民丰物阜，如云商贾，无限生机。

东风第一枝·太湖鼋头渚

倚阁舒天，登台观景，气吞万顷烟浪。秦皇马迹留痕，渤公怒门开宕。奇峰七二，影飘渺，云横千丈。最爱那、吴越风情，兰桨一枝湖上。　待还看，春涛激荡，且更有，早樱怒放。白鸥邀共长吟，野老约来探访。沧桑震泽，谁见了当年模样。到而今，众说纷纭，撞击泻湖沉降。

赵汉立

赵汉立（1940—），江苏无锡人。高级工程师。《青莲诗苑》编委。被授予"2022年度最美乡土诗人"。

长相思·忍草庵怀古

松林萋，绿苔萋，幽草庵空人迹稀。华楼阁留奇。　苓松池，听松池，泉水涓涓寄远思。长谈须撤梯。

水调歌头·泰伯与梅里

湖岸梅里镇，跨越数千年。周姬公子，泰伯三让奔荆蛮。劈棘垦荒授艺，开挖渎河水利，润万亩良田。勾吴兴隆日，懿德佑乡阆。　稼穑茂，蚕桑兴，庶富安。世间纷乱多变，泰伯德馨延。三让勾吴始建，今日创新功立，潇洒走人间。欲问谁之劳，泰伯首当先。

蝶恋花·太湖秋情

湖旷天高仙岛小。浪拍堤岩，万斛琼珠倒。风挟芦花绵絮缥。秋高气爽湖山好。　帆影飘摇鸥鹭绕。鸟缠千帆，船上渔人笑。笑语欢声群激傲。喜看舱内鱼虾闹。

尤荣福

尤荣福（1940—），江苏无锡人。九州诗词学会会员，碧山吟社理事，华夏诗联书画会研究员。作品入选《诗鉴》等。

阖闾城

边塞筑吴城，城坚防越兵。
越兵戎未起，吴相目先瞠。
霸业烟消散，荒墟草复生。
关山城上月，曾照越人行。

水调歌头·大运河颂

天上银河美，华夏运河妍。明清唐宋昌盛，国策水为先。灌溉军需漕运，日夜帆船雁阵，两岸万家烟。商旅长安道，南北换容颜。　梁溪段，穿城过，古今传。泰伯夫差黄歇，开渎泄洪安。连倚长江震泽，四大码头崛起，工贸似云翻。十里风光带，古韵满诗篇。

京杭大运河无锡段

宋伦泰

宋伦泰（1940—），浙江余姚人，定居无锡。网名四明翁。研究所工作，享受国务院政府特殊津贴。无锡市诗词协会会员、碧山吟社社员。

渤公岛掬月榭戏水

邀月轩边临水榭，微澜皱镜照穹苍。
波心荡月无声静，掬水手中呈月光。

壬寅深秋游拈花湾

万家灯火暖西风，冷月无声悬碧空。
沉浸观看光影秀，拈花一笑到心中。

春日访荣氏梅园梅缘堂怀念陈俊愉院士

少小钟情疏影丛，呕心沥血育新红。
种群十一园中笑，似见仙翁国士风。

离亭燕·南沙湾望太湖

浩瀚湖山如画。风物晚秋清野。水浸碧天何处断，会是越人天下。蓼岸荻花开，水拍陡崖边泻。　花落芽萌荣谢。人物不休潇洒。多少旅程经历事，尽入亲情牵挂。怅望暮云烟，寒意无言长夜。

毕士雄

毕士雄（1941— ），网名竺西散人，江苏宜兴周铁镇人。宜兴市教师进修学校高级讲师。江苏省诗词协会会员，宜兴市荆溪诗社顾问。著有《宜兴历代诗词曲辑注》等。

游南岳

涧谷萧森栈道长，风吹万竹觉秋凉。
登高访古临山寺，坐听斋钟绕翠冈。

境会亭怀古

常湖太守亦风流，夜宴挑灯兴未休。
对舞青娥齐献妙，分尝紫笋各争优。
大唐韵事传千载，阳羡灵芽冠九州。
无奈亭空人已去，茶山依旧月如钩。

游青龙山公园

孤峰突起插云端，曲涧回环泛玉澜。
白石纵横松影碧，平湖澄澈紫云寒。
逶迤栈道通幽处，耄画虹桥越暗滩。
谁解青龙曾卧此，素颜留与后人看。

鹧鸪天·大拈花湾

高阁崚嶒耸竺山，湖天一色碧波环。渔樵互答时而乐，鸥鹭争鸣尽日闲。　银杏地，碧罗天。千年吴越换新颜。樱红蕉绿含春色，但教心留云水间。

查尔理

查尔理（1941—），名全湘，江苏无锡人。中华诗词学会会员，曾任碧山吟社秘书长、晴晖书画院理事。

蝶恋花·蠡园桃花约

藤满长廊香满道，柳绿花红，秀色妆春貌。忆起宅家凭槛眺，几多愁绪谁知晓。　汝是风流还寿老，灼灼夭夭，欲与人争俏。不负和君相约好，踏青同伴年年早。

凤凰台上忆吹箫·天下第二泉

灵液清流，味醇甘冽，引来茶圣亲尝。经品定、排名第二，惊动朝堂。奉命龙庭进贡，无昼夜、驿马奔忙。东坡老、团茶自带，试品甘香。　多少骚人墨客，煎饮后，狼毫挥洒流芳。更有那、二泉映月，飞过重洋。千古乐章独奏，泣鬼神、余韵萦梁。泉同曲，双双誉满家邦。

惠山天下第二泉

胡 浩

胡浩（1941—），原名胡岳清，江苏无锡前洲人。无锡市诗词协会会员、碧山吟社社员。

樱花谷

春绽枝头雪，香招蜂蝶飞。
游人攒动处，花雨尽沾衣。

山 北

惠山山北秀，吕祖昔游之。
青嶂铺林海，清泉汇石池。
品茶龙海寺，悟道白云祠。
邵宝幽吟处，洞门墙上诗。

蠡园春色

红白桃花垂柳丝，江南烟雨恰当时。
暖风吹得游人醉，真水假山皆酿诗。

陈鸿厚

陈鸿厚（1942—），江苏盐城人，定居无锡。电力工作者，高级工程师。碧山吟社社员。

梁韵阁

梁溪如练千年淌，滋养桑麻育栋梁。
盛世河边筑高阁，展藏无锡锦篇章。

长相思·山青水翠无锡美

蠡湖清，太湖清，湖面群凫戏逐情，汀洲白鹭轻。　惠山青，龙山青，十八湾滩好野营，遥望北斗星。

蠡湖风光

张元根

张元根（1942—），江苏无锡人。中学一级教师，无锡市诗词协会会员、碧山吟社社员。

锡东宛山湖

一湖澄碧映蓝天，垂柳蒹葭抱雨眠。
淡淡霓虹陪翡翠，浓浓夕照伴桑田。
山山水水桃园梦，暮暮朝朝情侣仙。
明镜长留星日月，清波永泽米粮川。

山花子·题新吴香梅花苑

营造香梅快乐园，天堂滨水太湖湾。寒士倾情筑新墅，是人寰。　　留住乡愁庭外树，放飞梦想院中坛。双凤闹春栖暖柳，舞蹁跹。

杨玉伦

杨玉伦（1942—），江苏无锡人。毕业于徐州师范学院中文系（今江苏师范大学文学院）。曾任无锡机床厂党委副书记、市委党史工作办公室主任、市党史学会会长，高级政工师。

高子水居二首

山遥水映柳堤通，此地曾居曳杖翁。
归隐何如屈平意，行吟聊诉贾生衷。

五可楼前秋意浓，残荷萧瑟败芦风。
木蓉幸可添生意，景逸桥头映日红。

蔡煜伦

蔡煜伦（1943—），网名庄前野叟，江苏无锡人。长期供职于中国石化集团南京化学工业有限公司，现已退休。无锡市诗词协会会员、碧山吟社社员。

湖边茶围

雪浪连军嶂，湖山十里香。
板桥村老沏，一盏好旗枪。

古净慧禅寺

净瓶涵震泽，慧海泛兰舟。
有泊新安浦，无寻古渡头。
桑塍虽不见，竹径却通幽。
广厦禅灯照，残碑映九秋。

家山好·南长人家

小桥流水枕河家。涛声里，泛游槎。推窗一览湖山好，接天涯。待渔唱，醉烟霞。　起身移步南塘下，入室讨香茶。薰风带过，谁家石埠溅波花。谁人又浣纱。

八声甘州·访西林旧址

念胶山之麓有西林，探胜锡东行。趁金风白露，登攀古道，笑听秋声。拨了茅花榛叶，顿觉豁然明。回首宛虞影，空廊澄清。　趋近安公书室，褪苔痕雨迹，镌字纵横。问洞虚羽士，何处驻仙灵。叹沧桑、旧鱼盐地，五百年、剩半数图形。谁能复、媲秦园景，再续前情。

浦耕霖

浦耕霖（1943—），字竹本，江苏无锡人。现为《诗刊》子曰诗社社员、无锡市诗词协会会员、碧山吟社社员。曾被江苏省文化厅、无锡市文化局授予"特色文化标兵"。

临江仙·登雪浪山

突兀峰峦顶上，阁前遥指蠡踪。长溪波动起东风。白蘋开又谢，雪浪几千重。　道上轿车如簇，花间佳丽从容。一机随手兴尤浓。薰香佳绝处，妙在紫云中。

后庭宴·看融创文旅城思旧宅

离了故居，捷登华屋。处高遥望车如簇。哪知何季是新春，悠悠斯乐焉知福。　犹怜燕子归来，难觅旧巢归宿。酒红灯炫，遥奏天庭曲。梦里喜和悲，醒来风簌簌。

满江红·南横山感怀

半壁秋山，苍颜老，寄情旧轶。曾记否，蒋公吟诵，谭云撩月。烽火狼烟何处觅。风来一炬焚忠骨。看苍茫、烟霭锁溪湖，千帆歇。　青萍缺，红枫绝。仙羽化，斋金佛。怎茶余饭后，旧话新说。击石三声无妙韵，梦游过客匆匆别。只等闲，龙井泛清光，香茶啜。

齐天乐·吴妃墩

千年余恨姑苏断，谁怜美人情误。夜夜相思，遥遥故地，难把死离深诉。任凭风雨。听河水流音，频传清浦。可叹吴妃，春秋消得泪如雨。　只怨吴越征战，苦夫差刎别，一梦何去。逐浪鸱夷，魂归洪口，来与神龟轻语。乌乎越女。惜为国掏心，是情凄楚。代有骚人，找伊千百度。

贺新郎·红沙湾

春早樱花吐，泛湖光、断崖芦荡，飞红无数。烧烤烟无人归去，惟有余香如故。渐暮霭，轻车熟路。宝马吻追明月影，怎奈何、不着冰轮女。天素洁，心相许。　依稀梦断沙头渚。十八景、黄卷驳落，化将烟雨。回首还思沧波意，谁可重铭诗赋。但张望，码头尽处。王氏云帆千年过，隔洪濛、古韵撩清浦。今著意，谱新句。

顾介康

顾介康（1943—），江苏无锡硕放人。曾任江苏省委副秘书长、研究室主任、江苏省人大常委会秘书长、江苏省经济学会会长、江苏省诗词协会副会长。

农事闲笔四首

细雨茸茸绿意长，桃红梨白菜花黄。
声声布谷催农事，蜂涌村头采蜜忙。

霏霏淫雨摘梅时，树上瓜丝绕满枝。
暖日南风催麦熟，轻蛙卧叶夜鸣池。

行行大雁正南回，露重蝉声已可哀。
稻浪飘香人欲醉，肥蟹醇酒菊花台。

纷纷大雪卷轻烟，屋下红梅独自闲。
游子归来慈母喜，村中父老说新年。

徐兴华

徐兴华（1943—），江苏江阴人。从教江南大学。曾任全国中学语文教育艺术研究会副会长、无锡市徐霞客研究会常务副会长，无锡市诗词协会、碧山吟社顾问。现任《徐霞客与当代旅游》杂志常务副主编。

怀旧寻迹小娄巷

初来古巷少儿郎，中又续缘居此旁。
胜地重游霜鬓客，知交故旧两茫茫。

探赏福寿堂牡丹

国色天香福寿堂，朱门紧闭掩芬芳。
倾城游众喧蜂蝶，争睹花王古巷忙。

遥度当年嘉乐堂二咏

莲蓉桥堍树牌坊，进士成双声远扬。
望族乔迁小娄巷，迎来霞客会三王。

一丛花·题杜家旧宅蜡梅王移植梅园

暖冬未卜降深寒，飞雪送残年。怜他废院浮春色，却缘是、疏影花繁。寒客树王，沧桑百岁，容易阅悲欢。 风烟尽处艳阳天，暗暗引良缘。清平执手中兴女，共佳木、琴瑟薪传。安土重迁，树犹如此，来日王梅园。

殷毅中

殷毅中（1944—），江苏无锡人。曾任无锡市清名桥中学副校长。中华诗词学会会员、无锡市诗词协会会员、碧山吟社社员。

太湖春涨

浩渺具区江浙通，湖天一色入空濛。
春深屡见商羊舞，水涨方知桃汛泽。
点点艘帆随浪泛，群群鸥鸟绕船冲。
众峰培塿逶迤卧，海立云垂瞑望中。

龙山九峰

锡邑城西蟠卧龙，群峰秀出九芙蓉。
层峦叠嶂白云伫，曲径疏林翠鸟噰。
俯瞰犹如螺髻绾，仰观有似画图供。
丘陵起伏千年在，毓秀钟灵世代逢。

锡山晴云

锡惠新晴霁色煌，烟光岚彩沐朝阳。
白云朵朵山头上，翠嶂重重湖面旁。
转折涧流鸣水曲，葱茏草树发天香。
封姨来闹必飞去，化作甘霖布四方。

梁溪晓月

曙色疏星五鼓天，梁溪水镜漾漪涟。
银蟾沐浴浸寒液，玉兔浮沉见驭鞭。
初照朝阳金鉴碎，终随微浪绿波连。
千年河道历今古，日月同辉锡邑妍。

黉宫古柏

集泮黉宫受业忙，萧森古柏蔚烟苍。
崔嵬树干霜皮显，静谧鸡窗枝叶藏。
宋柏明槐盘屈曲，孔仁孟义耀辉光。
化民成俗必由学，植木参天作大梁。

惠山名泉

冰洞为源清浊分，碧池澄澈绝氤氲。
龙头流水叮咚响，竹鼎烹茶芬苣熏。
玉乳品尝甘似醴，景观欣赏众如云。
名泉映月进丝竹，一曲胡琴天下闻。

泰伯遗祠

泰伯遗祠梅里留，漫寻古迹溯千秋。
文明独创开蒙昧，国位三推称至优。
槛外柏枝披翠碧，堂中塑像冠龙旒。
圣谟万代令人仰，淳化吴风扬九州。

南禅宝塔

矗立浮屠映碧空，枕河古运胜丛东。
五颜六色妙光异，八角七层高筑雄。
栉比瓦甍呈炯耀，和鸣金铎入天风。
劫波历尽终无废，俯仰皆成过与功。

陆荣昌

陆荣昌（1944—），江苏无锡惠山区长安镇人。无锡市诗词协会会员、碧山吟社社员，无锡市梅里诗社社员。

美丽斗山

篱前桑梓屡相招，鹊鸟声声破寂寥。
雨润榴花红似火，风吹芳草碧如瑶。
茶园错落和云湿，跑道缤纷带雾飘。
四面楼台环绿海，山村魅力领春潮。

渔家傲·安阳书院

石拱桥头春色早。溪边杨柳随风袅。鸥鸟成双嬉绿草。红霞俏。蜂飞蝶舞风光好。　银杏树前佳丽笑。门庭门径还原貌。棫朴犹闻余韵绕。书院导。儒英辈出群星耀。

鹧鸪天·诗意西水墩

夜雨锡城意未休。梁溪飞鹭送轻舟。烟笼杨柳频回首，萼吐琼花屡入眸。　桥倒影，水分流。瑶坛地轴绿阴稠。当年夜校贤才涌，革命摇篮青史留。

蝶恋花·长安秋韵

银杏梧桐秋色老。云淡天高，喜鹊枝头闹。漫步林边余晚照。红霞洒满双虹道。　最是长安秋色好。生态园中，堤上游人笑。碧水柔风芦苇草。一群白鹭沧波眺。

袁宗翰

袁宗翰（1945—），别署挹漪阁主，江苏无锡滨湖区人。高级经济师。中华诗词学会会员，中国楹联学会会员。无锡市诗词协会、碧山吟社名誉会长，无锡市民协楹联专委会主任。

访入浊禅院旧址后复谒蒋子阁拈得方字

碧池名懿德，披草访寒塘。
入浊怀宏愿，出泥闻远香。
残垣存夙构，新柳覆碑廊。
雪浪探幽事，兴长孰可方。

益多环保热电厂参观得句，赋得重字

玉宇澄清埃万重，益多惠众注情浓。
洪炉焚污复生电，名企声传云外钟。

梁溪十里画廊风光带建成

梁溪十里画屏开，正值清秋雁字回。
蓝藻如今祛细小，碧波从此照杉槐。
参差亭榭趁闲乐，曲直道桥随兴来。
如意桥头掀卷轴，居停百姓尽衔杯。

再到严家桥念沈冲老偶得

严桥冲老五车储，亭记景溪真助予。
板荡未凋唐氏业，奂轮犹峙李家庐。
老街依水存乔木，新境似花看泳鱼。
我到此游怀故友，妙文报载导千车。

咏马山

祖龙策马去无踪，犹印蹄痕岸石中。
百亩翠芦千叠岸，一湾明月满怀风。
鸥盟鹭伴东西宿，渔火船歌晓晚钟。
绿树蓝天环碧水，四围如洗荡襟胸。

尧歌古里

塘名楼盖润山阿，同命楂交连理柯。
拟向村中寻圣迹，却从溪畔听尧歌。
静庵水月涵心碧，古树葱茏傲首幡。
御虎栋城今已渺，丰碑许舍自巍峨。

许舍老街

偶然笠屐石桥斜，古镇老街寻觅赊。
吠客几声由犬舍，缘溪一径傍人家。
琴弦扬抑添生气，杠网升沉捕落霞。
许舍从来多俊彦，村头四顾起吁嗟。

谢埭荡采风

菊月访游鲜苇葭，鱣堂遥想驻湖涯。
渔村新筑足来燕，谢埭旧居曾听蛙。
日月秋千摇碧水，婆娑庭树映红花。
霜天晓角民心振，宛荡桥迎似水车。

戊戌杏月访三联村拈得时字

微雨巾车欲觅奇，仲春近晦正芳时。
鸡鸣三县来游屐，鹤舞半空迎帝师。
梨号翠冠堪豫冀，杉名红豆惹相思。
香山顶寺钟声远，宁静归休幸莫迟。

薛 明

薛明（1945—），字汉良，江苏无锡人。无锡交电站退休，无锡市诗词协会会员，锡山区楹联学会会员。

游三山太湖仙岛

逶迤蓬阁远，茌苒野云闲。
桂棹逐轻浪，兰舟泊碧山。
天街烟袅袅，石涧水潺潺。
到此尘机息，长歌郢客还。

谒薛福成故居

薛氏家声远，河东世泽长。
故居荣古木，樽俎折强梁。
政论冠稀代，经纶设海防。
于今说洋务，灯下读华章。

谒泰伯庙

伯渎静和秋水凉，参天古木叶初黄。
文身断发蛮夷地，去国奔吴沼泽乡。
教化先民明礼义，躬耕田亩务农桑。
高风三让千年事，曲径烟萝拥庙堂。

丁剑华

丁剑华（1945—），江苏无锡人。中华诗词学会会员，江苏省诗词协会会员，碧山吟社会员。

天下第二泉

若冰灵液伏流汩，喷涌人间千万年。
清洌味甘沾玉润，质轻色湛似珠怜。
东坡月下性情茗，孟频题名今古传。
泉美茶香吟得句，山环松响思参禅。

江阴吴文藻冰心故居

粉墙黛瓦澄江坐，文藻冰心在此居。
恩爱夫妻吟岁久，海天情侣照春初。
享声学界千秋颂，蜚誉文坛数卷书。
携手扶匡生死约，相濡以沫晚霞舒。

宜兴岳飞行馆

桃溪河畔访张完，唱和诗碑今可观。
南宋建炎戎帐设，岳飞行馆柳营盘。
抗金剿匪白双鬓，报国尽忠惟寸丹。
作战指挥传屡捷，运筹帷幄沥披肝。

声声慢·鹅鼻嘴公园

江尾海头，鹅州揽胜，森林茂密扶疏。野趣浓郁，尤具魅力闲舒。入山门神龟顾，长寿添、心旷怡愉。观石刻、悟光芒文化，历史遗书。　俯瞰水湍水缓，听阵阵涛声，养性灵符。访古品澄江渡，寂寞津途。如若凭栏远眺，望江楼、饱赏江图。栈桥步、仰看云舒卷，岁月如驹。

张酉良

张酉良(1945—),江苏无锡人。中华诗词学会会员,中国楹联学会会员,无锡市诗词协会会员、碧山吟社社员,无锡市书法家协会会员,西神印社社员。

高子水居

明子前贤五可楼,水居凝翠郁风悠。
石碑誉记东林轶,竹径匡留志士忧。
眺望青山五湖出,坐凭细浪一波收。
长钦风节辅箫笛,殊抱晚晴盟白鸥。

太湖晚归

萧然野色闭轻烟,闲影循踪到碧前。
未见落霞飞白鹜,所欣秋水共长天。
群山苍抱清风爽,一渚幽涵细浪翩。
但觉依依归步晚,为酬胸次复留连。

青玉案·惠山古镇赏怀

西神名镇绵悠古,翠映叠、芳环吐。瑞脉钟灵无尽数。晓裁霞色,夕餐云露,遍毓情燃处。　岚屏香迹宗祠路,上下河塘楫舟渡。绮阁楼台君最许。境幽清越,韵涵嘉御,雅劲文渊慕。

扫花游·忍草庵抒怀

寻踪步履,正日泊风清,意扬微许。草庵看处,引神驰遥迩,概收胜取。翠接中天,曲洞灵泉俊羽。贯华踽、眷纳兰远平,高义嘉誉。　蓬境森独寓,任晓晚烟云,色翻晴雨。妙光辨与,但铃闻宝铎,净襟烦去。物籁潇潇,刻石铭存史絮。抒怀绪,问松涛、岁流几许。

高阳台·长广溪湿地公园

　　碧水凝波，廊桥倒影，风微日丽清流。红蓼青萍，芦花岸柳垂钓。蜿蜒林荫随蹊路，觅芳踪、曲径通幽。且行吟、一展襟怀，心旷忘忧。　　当年乱荻稀人迹，但鸥鸣独照，凄落无俦。野笛横吹，何曾启醒筹谋。斜阳淡抹柔光里，幸华年、泽变新洲。俏江南、湿地奇园，故梓神游。

端木大雄

　　端木大雄（1946—），江苏无锡人。在无锡工作至退休。上海市闵行区老年书法家协会会员，新园诗社社员。

葛埭桥古镇

　　葛埭桥连林岸斜，横山倒映接平沙。
　　东西河埠参差丽，南北街楼栉比嘉。
　　杰屋弄堂添岁月，灰墙黛瓦少浮华。
　　长溪源自二泉始，湿地成园多锦霞。

沈源生

沈源生（1946—），江苏无锡人。大学学历，高级工程师。无锡市诗词协会会员、碧山吟社社员。

偕友登山

西风飒飒又重阳，结伴登高意气扬。
目送长天征雁杳，心仪晚节菊花香。
群峰岚影笼苍翠，大泽烟波隐橹樯。
指点笑谈今古事，九龙山上任徜徉。

游顾山

一上山巅望眼开，听鸡三界不虚来。
成才莫走状元路，怀旧难寻烽火台。
文选楼中书满架，相思树下泪沾腮。
多情太子柔肠断，引发后人千古哀。

临江仙·胶山安国洞怀古

五百年来名气盛，探幽寻胜城东。斑斓山色九秋风。崖边寻石洞，祭拜桂坡公。　富甲江南誉四海，造园巧夺天工。缘何荒泯影无踪。西林图册在，好景梦魂中。

临江仙·游悟空寺

几度兴衰风貌变，晨钟暮鼓悬幡。江南古刹盛名传。高僧来异国，舍利现人间。　膜拜信徒祈福祉，犹言佛力通天。梵宫清净好参禅。纷繁尘世事，无欲自心宽。

钱胜瑜

钱胜瑜（1946—），江苏无锡梅村镇人。无锡市诗词协会会员、碧山吟社社员。著有《钱胜瑜诗词选》。

参观无锡古窑群博物馆有感

黄泥本缺官卿相，落魄千年卧水乡。
烈火焚烧修炼后，故宫日日见君王。

宛山荡采风

仲春偕友赴城东，湿地风情醉眼中。
石塔旁山行孝道，长桥跨岸架晴虹。
蜿蜒芦荡无穷碧，错落林园绝世功。
古刹钟声宏且远，不胜幽思白云同。

张天宝

张天宝（1946—），江苏无锡人。无锡市诗词协会会员。

太 湖

吴越春秋共此逢，阴阳苍莽影重重。
天钟潋滟溶溶水，地秀玲珑郁郁峰。
造物无心添绝色，善工着意护真容。
风流欲罢生花笔，梦里推敲追野踪。

唐永明

唐永明（1947—），江苏无锡南方泉人。高级工程师。无锡市梅里诗社理事，江苏省诗词协会会员，无锡市诗词协会会员、碧山吟社社员。著有《老屋三昧集》《老屋遗荒集》。

行走竹山渚

一派水云天，五湖收眼前。
奔腾惊苇岸，变幻藉风弦。
史事何清趣，山形已渺然。
芭蕉今又绿，拜读各诗仙。

行走庙山渚

行吟渚上翁，梦绕半苍穹。
结籽千年寂，开花遍地红。
天高云碍眼，树大网罗风。
庙下烟波路，飞投石一咚。

行走康山渚

且作散闲郎，情怀此处狂。
烟波衔马迹，夕照映梅梁。
一脉门前阔，百花园上香。
俨然风月里，我立渚中央。

行走亮河渚

初到亮河湾，欣登渚上山。
湖村星散好，渔火夕生闲。
料峭寒春在，迷离远客还。
时怀漕运梦，依旧水潺潺。

行走笠渚

神仙本也无，有石自投珠。
好望分三水，奇观探两湖。
长随风雨洗，忍作古今凫。
赏我红沙地，天然一幅图。

雨中梅梁湖

梅梁赏白鸥，雨里两悠游。
漠漠三分雾，盈盈一水秋。
无缘见军嶂，有我伴鼋头。
不觉夸西子，声名落九州。

军嶂古道

得识梦魂牵，寻幽已老年。
深林非俗土，曲径笼轻烟。
草木千层画，峰峦万象天。
风光频入眼，隐隐有神仙。

登惠山

吾今直似最高人，览景全凭两眼神。
龙脉萦回峰九相，涛声浩荡力千钧。
无言木铎传禅意，有幻云浮画好春。
自是快游登绝顶，心中不带半分尘。

吴新年

吴新年（1947— ），江苏宜兴人。1970年大学毕业分配至无锡市工作，先后从事教育、电子技术及计算机应用的研发工作，直至退休。

长春桥夜樱

梦幻良宵景不同，霓红霞落晚涛风。
白樱怒放花千树，尽在春桥夜色中。

雪浪山

池塘芰荇伴蒹葭，岭上村姑早采茶。
看尽山前皆秀色，薰香一片草香花。

海棠春·蠡园春

轻红怜向长桥路。双影处、妖娆争吐。风满绿湖堤，招引花枝舞。　云山雾水，亭台野渡。尽是芳菲落处。拭泪问斜阳，肯否留春住。

蝶恋花·惠山阿炳墓怀思

日暮愁乡天地转。翠嶂含烟，林暗山风软。月映冷泉春梦短，一生情路因何浅。　忆昔松亭舒瘦腕，音韵缠绵，泣诉人间懑。永别琴弓西去远，思君名曲丝弦断。

蔡其华

蔡其华（1947— ），江苏宜兴人。中国毛泽东诗词研究会会员，荆溪诗社社员。

阳羡溪山

阳羡溪山好，东坡置地留。
新湖云浪阔，老岭景观幽。
径绕悬崖走，人随美境游。
清泉吟宋韵，远谷鸟声柔。

太华龙珠水库

龙珠灵秀众山围，碧水盈湖映日辉。
坝上遥观春烂漫，千红万紫锦云飞。

秋赏太湖

波涛万顷映长空，浩缈湖山耸翠宫。
点点白帆舟影远，双双水鸟翼风雄。
蒹葭绽穗飞花素，老树经秋落叶红。
旖旎风光观不尽，胸怀旭日暖无穷。

浣溪沙·善卷洞

绿水青山俏洞天，生来贵胄誉登仙。奇峰砥柱雾云牵。　大象低头迎远客，雄狮放眼望苍峦。轻舟一叶地河穿。

李东生

李东生（1947—），江苏靖江季家市人，定居无锡。无锡市诗词协会会员、碧山吟社社员。

二泉秋色

石峭泉亭叠早霜，一泓净碧映岚光。
水边琴韵穿林响，庭外梧楸叶半黄。

宝界双虹

入画双虹俯碧流，澜漪桥影掠凫鸥。
绿围云接鼋头渚，镜映三山一水秋。

周新古镇

前贤曾此树奇标，圆梦梁溪步不遥。
黛瓦连云开古镇，清漪倒影漾塘桥。
凭将千载仁慈在，好励今人日月挑。
坐对芳华神顿爽，莺声绕户畅春韶。

南禅寺天桥

欣圆飞梦古城东，绣陌交衢架彩虹。
忆昔徘徊盼天路，于今潇洒踏春风。
梵声早晚听无尽，胜景阴晴望不同。
夜静星临俯罗绮，一桥灯火透玲珑。

卜算子·东大池

一镜翠空浮，桃柳婆娑影。久羡清幽旷逸情，兴托怀中景。
晨汲白沙泉，掬饮尘心净。怅尔闲愁付水流，四顾春声应。

忆秦娥·太湖隧道

清波起。嵌空一径穿湖底。穿湖底，启途悄虑，客流如水。

句吴奇绩谈何易，山河更壮兹方始。兹方始，山连蓬阆，水通天外。

武陵春·梅园游

烟雨横山藏雅淡，痴蝶恋南枝。瘦影犹欣诗里披，笔底暗香随。

鹤子梅妻今何在，空剩古名台。待月花间忘世机。未觉独归迟。

赵克南

赵克南（1947—），笔名醉墨人，江苏宜兴人。国家级高级工艺美术师，宜兴市荆溪诗社社员。

沁园春·宜兴茶

问道茶乡，阳羡湖区，百里美香。看山村四处，萋萋翠绿；峦峰一色，熠熠流芳。茗业荆溪，驰名历代，陆羽东坡认此乡。君山隐，我为求阳羡，谱下篇章。　新芽一叶春芳，泡初茗开怀细品尝。有宜红紫笋，汤如琥珀；碧螺雀舌，色更琳琅。坐敬香茶，心禅一味，一盏茶中百怅忘。振兴日，望茶洲阳羡，万象辉煌。

周国贤

周国贤（1947—），江苏无锡人。无锡市诗词协会会员。

运河组诗

出半夜浜

樵牧之乡十八村，舟行半夜续晨昏。
桥横石渎塘河近，顺水直驰黄埠墩。

锡溧运河

洛社横林一水连，南濒阳羡太湖边。
渔歌唱晚桃林秀，花渡驶来山货船。

锡玉运河

圩堤高筑水流宽，左岸韩村右马盘。
锡玉班轮笛声响，双凫遁入藕花滩。

直湖港

雪浪山前草木枯，运河有水送梁湖。
直湖港里湍流急，晓过间江夜入吴。

沁园春·惠山西望

惠麓迎晖，雾锁洋溪，翠叠舜柯。望锡西沃野，平川旖旎，安阳丘壑，桃柳婆娑。矗矗高楼，巍巍工厂，掩隐花林到运河。朝阳里，看尚田小镇，白荡双鹅。　民居改造鸣锣，巧规划家乡变化多。建新潮五地，腾腾热气，康庄四创，曲曲洪波。流水人家，花园别墅，青石塘桥蔽碧荷。夕照下，有蒲堤丽影，曼舞轻歌。

陆振德

陆振德（1948—），江苏无锡雪浪山人。教师。无锡市诗词协会会员、碧山吟社社员，碧山吟社原副社长。

雨中过尚田鱼景一瞥

风雨袭莲塘，愁添伞骨伤。
鱼儿诧相问，甚事惹惊惶。

忍草庵步韵姑射

宝铎风吟诗近人，名庵兴废一从新。
煮茶烹雪山僧去，弄月听松元鹤邻。
怪石嶙峋独怜水，清泉寂寞未蒙尘。
贯华阁上谈今古，最是寻常不负春。

重游雪浪山

轻轺载酒好风秋，胜地重临策杖游。
目尽湖山天远大，神驰今古水清柔。
楼台花鸟烟光淡，石径林泉涧谷幽。
竹韵松涛同醉醒，何妨题句挂枝头。

浣溪沙·重过棠甘桥

一笛风荷一叶秋，拱桥斜日小横舟，旧时田舍独勾留。　不复稻花侵古道，但看红枣压枝头，惜无童子把杆偷。

破阵子·题九龙湾古杜鹃

惊艳铅华洗尽，虬龙盘曲吟边。古树琪花三万朵，幽谷琴泉八百年。天香兀自闲。　误了三春情韵，梦回初夏暄妍。淡对韶光悭满月，独领风骚醉小园。夕阳山外山。

阮郎归·吴都河漫步

澄溪一道画廊秋，逍遥不系舟。红枫柳影弄晴柔，嘤嘤百啭喉。
天未老，水长流，鱼儿漫溯游。怜香欲上小汀洲，词情已满兜。

浪淘沙·尚贤河

冬也爱风流，劝住清秋。斜阳紫陌漫吟游。误出园门临古道，
满眼荒丘。　独上水东头，群鹜西泗。千呼万唤一无留。白发多情
应笑我，空惹闲愁。

鹧鸪天·访马山西村云居道院

道院幽深深闭门。千年遗迹古风存。烛台金兽烧香客，丹井林
泉修道人。　莺声老，紫藤新。太湖湾里隐西村。径须沽取沧浪水，
一为微躯洗俗尘。

梁明泰

梁明泰（1947—），河南人。自 1965 年起援疆，1983 年调至无锡原马山
区畜禽公司，工作至退休。中华诗词学会会员。

太湖船菜

银鱼晨捕白虾蹦，灶上献身厨艺精。
餐桌临窗波灿灿，尝鲜赏景画中行。

陈兰芝

陈兰芝（1948—），女，浙江湖州安吉人，定居无锡。小学语文高级教师，2004 年于无锡市蠡湖中心小学退休。无锡市诗词协会会员。

访东大池

方晓东池陆子缘，宛如尘外忆当年。
桃红柳袅皆生媚，榭巧亭纤互映怜。
雅士循名留墨迹，词章流逸唱霞烟。
沧桑不改风光秀，品韵轩昂久邈绵。

蝶恋花·秋晨蠡湖畔

独立寒阶秋满袖，雾锁双虹，倩影当依旧。寂寞轻黄堤上柳，篱边野菊风中秀。　红日姗姗辉渐透，曲岸喧腾，老少欢声久。一溜纤竿三五篓，垂纶闲客悠然候。

鹧鸪天·寻迹战鼓墩

战鼓墩碑掩绿丛，沧桑历尽自从容。伸威雪恨英雄梦，剑影刀光旌旆风。　帆势浩，杀声隆，三捶鼓破越营空。如烟往事依稀远，勒石唯存马迹峰。

太常引·迹访马山梅梁小隐

半橦冷径古墙前，蔓草伴荒园。昔日有高贤，为黎庶慈心治痊。　几多书论，斐然成就，橘井誉人间。小隐玉碑镌，传万世遗芳若兰。

冯荣兴

冯荣兴（1949— ），江苏无锡人。司法工作者。研诗词，修书法。中华诗词学会会员。著有《旅途漫吟》。

蠡湖大桥公园

一桥飞渡隐亭园，跃入山塘西水墩。
两岸芦花翻白雪，一泓汀鹭划泥痕。
远观蓬阁仙蠡景，近摄浮萍七彩魂。
天接湖光惊气象，清波流韵出溪门。

北仓门文创园

运河烟雨莽苍苍，欲说仓门故事长。
茧库飞丝书锦绣，码头放号奏华章。
惠风拂荡二泉柳，渎水流漂九曲觞。
文化休闲同一醉，春蚕化蝶自飞扬。

阳山水蜜桃

远古此山天火烧，龙渊灰土种仙桃。
天香袅袅桃花海，水色幽幽松竹涛。
曾向南山朝贡物，敢从东海斗英豪。
一筐玉露甜天下，醉美阳山步步高。

浣溪沙·运河公园

夜乘清波巡几更，水中圆月手中擎。邀来黄埠满天星。　九曲琴桥随浪奏，小诗酌酒醉初醒。吴歌一阕梦中听。

临江仙·蠡园

远眺层波叠影,近看贴水鸥鸿。湖光山色雨蒙蒙。劲风烟柳动,彩霓展苍穹。　桃柳徜徉两岸,长廊碑刻玲珑。南堤春晓意浓浓。山明水秀处,窗外数青峰。

倪南炎

倪南炎(1949—),江苏无锡人。无锡市诗词协会会员。作品发表于《江南风》《无锡老干部》等报刊。

赞无锡乡贤孙冶方二首

熊熊火炬手中擎,组织农工去斗争。
革命先声无锡起,江南雾晓涌长鸣。

文章武备俱胜任,赴险迎难更热忱。
跟党前行听号令,峥嵘岁月铸初心。

蠡园

陈国柱

陈国柱（1949—），字耀森，网名南郭野老，江苏无锡人。无锡市诗词协会会员、碧山吟社社员。著有《丈方室诗词》等。

无锡中国民族工商业博物馆

翻新老厂忆当初，创业艰难吃面鱼。
太保墩边工业史，天然一部教科书。

云蔼园

园主名家学问多，大千世界尽包罗。
道场做在螺蛳壳，说是云儿安乐窝。

谒赵翼墓

揶揄李杜胆肥奢，想必诗才富五车。
欲领风骚非易事，流传一首亦应夸。

癸卯清明过郡马祠祭典

南渡康王勤护持，梁溪尝水卜于斯。
溯源禹夏四千载，缵绪天潢独一枝。
央视曾看隆祀典，宗亲今献久藏梨。
寺前街首清明日，黄绶馨香寄永垂。

咏惠山听松庵竹茶炉，用吴宽韵

品茶伊昔汲山泉，文武相随炭火煎。
焚却浮名铜栅里，抛开蜗利竹枝前。
群贤倾慕题诗至，天子歆闻倚卷眠。
料是天公炉尤物，谁能保得百年全。

西江月·徐偃王庙

庙据石塘春晓，祀崇长广溪边。春秋血食始何年。碑版如今难辨。　　天下纷争攻伐，止戈唯愿民安。一身保得万家全，可敬徐王谥偃。

念奴娇·阖闾城，步东坡赤壁怀古韵

阖闾城上，草青黄，四野深秋风物。梦里旌旗招展处，唯见断垣残壁。直港清流，将台故垒，苇荻花如雪。东隅图霸，此曾群聚雄杰。　　见说雉堞初成，子胥挥宝剑，千军齐发。方阵吴钩，呼啸处、强敌闻风降灭。伟业烟消，空留旧迹，白我伤心发。登高凭吊，乘时还赏湖月。

太湖帆影

陈从云

陈从云（1949—），江苏无锡人。无锡市诗词协会会员、碧山吟社社员。2016年始学写旧体诗词，作品多次在《中国诗词》上发表。

惠山下河塘杨氏西式楼

祠堂群内矗洋楼，嵌缝砖墙眼底收。
西式圈门豪气在，雕花厅柱壮心酬。
业勤质朴堪标榜，务实招新数一流。
代有精英才子出，杨家锡邑写春秋。

十里芳径樱花道

犹似霓虹落九天，依山傍水展芳妍。
柔花铺地迎宾客，彩道怡人弹曲弦。
踱步舒心车马远，凝眸观景鹭鸥翩。
诗情画意无穷尽，一抹斜阳映紫烟。

沁园春·锡西尚田游

无锡西郊，百亩花园，洛社尚田。已新城崛起，高楼林立，纵横大道，车马流川。春柳垂丝，尖荷出水，胜似桃源福洞天。生游兴，择良辰吉日，悦赏趋前。　佳园果不其然，有玫苑飘香紫气妍。更中西合璧，小桥流水，亭台雅韵，花架连绵。草地铺茵，池波轻荡，白羽呆鹅引项颠。历此处，叹人间美景，恍若游仙。

黄建萍

黄建萍（1949—），女，江苏无锡人。1982 年大学毕业后分配到苏州工作。苏州市政协退休。中华诗词学会会员，江苏省诗词协会会员，苏州市诗词协会会员，沧浪诗社社员。

鹧鸪天·寻梦访古荡口镇

水墨江南春意绵，老街古宅枕河眠。名人辈出遗存广，诗礼传家底蕴坚。 深巷静，小桥闲。芳华流转一挥间。千年古镇千年梦，岁月轻歌开锦篇。

鹧鸪天·寄畅园怀旧

旧地重游思万千，云墙锁绿忆当年。八音涧里聆清韵，山色溪光潄玉泉。 邻梵阁，翠微烟，九狮台上笑声喧。故园一别春华尽，白发青丝一梦间。

鹧鸪天·品读拈花湾

宋韵唐风禅意浓，画桥云树水流淙。竹篱茅舍烟霞染，塔影花光瑞气融。 尘不动，暗香溶，拈花一笑乐无穷。神闲淡静清幽境，心净如莲万念空。

虞美人·寄畅园观菊展

黄花脉脉秋晖弄，浅浅幽香送。流霞金蕊意融融，百态千姿摇曳舞苍穹。 溪光山色轻烟笼，薄雾飘然涌。轻愁淡恨露华浓，傲雪凌霜千古说高风。

新荷叶·与旧友鼋头渚赏荷

翠叶田田，荷风轻拂衣衿。出水芙蓉，粉裳遥缀青岑。欢声笑语，是何人，抚动瑶琴。红尘如梦，鬓衰难改乡音。　沉醉花阴，沁芳一片冰心。憔悴韶光，白头不胜华簪。舞烟眠雨，千古月，一往情深。清香淡诉，高风辉古扬今。

惠山古镇

张道兴

张道兴（1950—），笔名秋实，江苏无锡人。江苏省诗词协会会员，碧山吟社社员。著有《秋实吟草》《秋实文集》等。

万顷堂八景

古津听涛

驻美亭前野渡横，春涛带雨拍堤惊。
但闻鸥鹭飞鸣急，万浪奔腾劲有声。

夏荷朝日

湖畔数池清入神，栈桥亲水碧荷新。
灵花映日亭亭立，送瑞迎宾不染尘。

湖心思源

遥见湖心立一亭，近看却是源泉口。
潺潺清水取无穷，从此锡城洁饮有。

鹿顶晴雪

皑皑瑞雪入神州，鹿顶山晴玉气浮。
但见峰林成一色，了消尘世几多愁。

太湖夕照

暮色苍茫览太湖，锦鳞万片落三吴。
归林飞鹜掠舟过，七十岚峰入画图。

梅梁烟云

梅梁湖水诉沧桑，治水渤公书一章。
劈裂犊山功利远，从今吴地乐无央。

虞崖吊古

骤闻楚歌存寸衷，虞兮饮剑为重瞳。
愿君征战无萦挂，帝业新图答上穹。

神鼋戏浪

眺望三山多倩娇，更招仙众聚灵霄。
浪中露出神鼋背，镇守太湖时弄潮。

郭杏林

郭杏林（1950— ），江苏宜兴人。1977 年起一直担任乡镇文化站站长。先后加入中国文学学会，江苏省楹联研究会，荆溪诗社等。

清平乐·南中半亩草堂

天高气爽，处处花奔放。竹翠云清山雀唱，犬吠鸡鸣泉响。　何来美味浓香，林间草舍朝阳。秀色可餐神往，今知半亩草堂。

朱培学

朱培学（1950—），号天斋，江苏无锡人。曾任无锡市诗词协会副会长、碧山吟社副社长。著有《天地耕耘录——知青屐痕》。

东亭春合村阿炳祖居

门朝大道小河浜，修葺如新绕粉墙。
不是当年留一曲，长街照旧话凄凉。

江阴马镇徐霞客故居

胜水桥头舟一叶，晴山堂外路三叉。
仕途市肆多浇诡，曷若攀岩枕夕霞。

云蔼园

门隔红尘壁挂萝，梁溪深处筑云蔼。
但将私邸行公益，安乐窝成欢乐窝。

浣溪沙·安镇胶山寺

面对平畴背靠山，山门配殿九开间。坐南朝北隔尘寰。　佛号经声驱寂寞，禅龛宝相见斑斓。窦泉如乳且凭栏。

浣溪沙·初访茹经堂

国手雕龙第一流，梁溪何幸获专修。茹经振铎续春秋。　面水而居堪濯足，依山所筑每凝眸。此中端的慰乡愁。

清平乐·东亭仓下德馨苑

两行联语，勾出相思句。点铁成金添乐趣，却把浮名撇去。　也曾悬念寻踪，安知久别重逢。此日凝眸仓下，何时放踵寰中。

沈元元

沈元元（1950—），江苏宜兴人。宜兴市荆溪诗社理事、张渚分社社长，宜兴市古镇文化研究会张渚分会会长。

云湖夕照

宝镜波平横岭边，飞云闲度水中天。
渔舟似叶耽湖上，一抹残阳别样圆。

赏闸口天远堂西府海棠有感

天远美谈千载传，海棠花树绽堂前。
沧桑未改芳容老，风雨更增铁骨坚。
骚客几多留倩影，文章频次写华篇。
坡翁今日如还世，应慰胸中方寸田。

雨中游大觉寺

湖边山寺雨霏霏，佛院深深游客稀。
壁上浮雕生异彩，坪中梅蕊吐芳菲。
长廊斜立连天界，宝殿高居接紫微。
我与同窗人十数，伞花冠下悟禅机。

陈浩清

陈浩清（1950—），江苏无锡东亭人。毕业于江苏师范学院中文系（今苏州大学文学院）。高级经济师，在兴达投资集团公司从事经营管理工作多年。无锡市诗词协会会员、碧山吟社社员。

无锡新农村礼赞

谈　村

东城九里香堤畔，黛瓦白墙遮万花。
莫道金银山色好，小桥碧水枕农家。

前寺舍

山前曲水金藁出，舍后幽篁倚院栽。
坐看爱莲堂外色，桃花灼灼半坡开。

庄　里

胶山远影小池塘，鱼戏蛙鸣苇草香。
浅水人家鸡犬杂，青纱帐里下斜阳。

斗　山

登山观日秋心发，一路溪声和湿风。
回望村坊晨雾上，茶园泼墨佛光中。

桃源村

一溪春水绕芳洲，万树红花映画舟。
渐入桃源更深处，吴歌飘过小山楼。

白米荡

栈廊曲水映芭蕉，白米荡边鸢尾娇。
古渡篷舟何处在，村人笑指望虞桥。

山联村

东顾灵龟望大江，烟笼平野稻花香。
鸡鸣三邑和谐曲，议事桥头话小康。

严家桥

古村枕卧永兴河，布米码头前事多。
沃野平畴秋色远，稻香十里醉新歌。

华泉根

华泉根（1951—），江苏无锡大墙门人。副调研员，文学爱好者。曾获部队三等功和无锡市优秀党务工作者荣誉。

梁溪河新貌

十里梁溪别有天，如烟云霁九峰连。
岸边芳树闻啼鸟，波上银鸥绕画船。

春游蠡园

湖堤绿柳隔红桃，舫逐清波鸥鹭遨。
四季亭前闲坐处，笑谈范蠡运奇韬。

周 慧

周慧（1951—），江苏无锡人。诗词爱好者。无锡市诗词协会会员、碧山吟社社员。

卜算子·蠡湖新景一组

渤公岛长廊

依水一长廊，春季摇清影。最是缠绵看紫藤，花与人同靓。　蝶引绿萝香，画卷描蹊径。晨练双双似鹤飞，汗洒凭谁省。

青莲桥

黛色远山迷，涵洞金光照。万点波粼石拱描，水面田田绕。　鹭伴绿云稠，棹动青莲笑。满载烟霞满袖香，只碍兰舟小。

蠡湖西堤

春到绿西堤，更著桃花雨。一片烟云拂柳枝，静听黄莺语。　低岸立丛芦，碧浪看双羽。挽手寻芳逸兴来，买棹扁舟去。

渔父岛

深木共明霞，湖畔藏仙岛。四季瑶芝紫气来，遥听渔歌调。　碧水枕沙滩，白鹭追舟棹。搅碎清波影不分，恰似鸳鸯鸟。

钮伟国

钮伟国（1951—），江苏无锡人。中学语文教师，于无锡市辅仁高级中学退休。编有《诗说》等书。

秋日游渤公岛遇雨

南北东西风未休，乱云急雨暗湖楼。
凭谁做得心宁客，一任山川尽染愁。

五一游湖

又到留春问计时，芳菲辞去肯为迟。
梁溪幸占湖山胜，饶是无花尽有诗。

管社山庄观荷

宝马香车看十里，山庄犹隔半城尘。
买缸直欲家中养，不复叹无独爱人。

蠡湖闲步

西堤烟散入蠡堤，一路间关觅鸟啼。
草木侵湖绿深浅，亭台出水燕高低。

过赵翼墓

灵山三月落花时，游客纷纷白日迟。
拾级拈香忙礼佛，一抔桃岭几人知。

徐荣耿

徐荣耿（1951—），江苏无锡人。无锡市诗词协会会员、碧山吟社社员。

小娄巷

小巷名辈九百年，魁星几度耀阶前。
才纾鹿宴凌霄后，师拜龙庭望日先。
四世簪缨修善果，三生翰墨著鸿篇。
独怜魏紫通人意，缕缕芳香到彩笺。

蠡湖春晓

二月春光似酒浓，蠡湖秀色画屏中。
琉璃镜面融融日，翡翠枝头习习风。
浅渚翻飞新鹭白，长堤摇落早樱红。
无穷野趣谁人识，万顷烟波一钓公。

荣　巷

小巷清幽一鉴坤，枝繁叶茂育灵根。
纺成天下三分业，食济城乡万户门。
宝界绵长桥塑德，念劬曲绕塔怀恩。
纵横商海谁堪比，范蠡如知酒满盆。

高子水居

五可楼巍客礼虔，鱼池汨汨说前贤。
衔杯纵论程朱学，开卷精研管乐篇。
讽世声声何激越，忧民事事必周全。
宁将一息酬家国，留得青名照大千。

忍草庵

忍草萧疏八景残，当年冠带结芝兰。
贯华阁揽山川秀，弹指堂吟涧水欢。
竹影婆娑疑凤舞，松涛澎湃似龙蟠。
抽梯取静相知晚，冷月西沉不觉寒。

戴仲文

戴仲文（1952— ），江苏无锡人。中国书法家协会会员，民革江苏省中山书画院常务理事，无锡市西神印社艺术顾问，无锡市诗词协会会员。

梅里古镇即景二首
城　桥

围垣城筑天云阁，淌漾桥横静水宜。
极目登临抬望眼，新吴真觉古风遗。

商　铺

街村一路人相涌，十里商家十万民。
物品琳琅巡满目，清明疑是上河春。

陆国华

陆国华（1951—），女，网名一行白鹭，江苏无锡人。无锡市诗词协会副会长，碧山吟社社员，滨湖分会会长。著有《自悝集》。

渔家傲·无锡物产一组

厚桥梨

风暖鸟鸣归绿野，累累珍果枝头挂。带露清香时一泻。传佳话，甘甜凉沁冰渐化。　二月花开尘不惹，小桥曲径依檐瓦。景色天然摩诘画。论潇洒，乐居更胜霜梨价。

马山杨梅

想是龙宫潮浪簸，沿湖抛掷珊瑚颗。粒粒酸甜红半殚。岚翠卧，莺莺燕燕双飞过。　敢笑世间奇异果，立身总计何方可。谁料此山成婀娜。清梦妥，任他海月浮空坐。

大浮檇李

湖色山光云袅袅，远来野雀繁枝绕。偷食酸甜拼醉倒。堪一笑，鸟儿味蕾先知道。　尚记春风吹梦到，村姑嫁接杨花小。晨露催开钟未晓。望中杏，莫疑身在蓬莱岛。

鸿山葡萄

夜似九霄云影堕，晓知五色骊珠颗。皮薄晶莹吹欲破。娇婀娜，白霜粉面新梳裹。　贾客车流来个个，边尝边采真香糯。嗔喝贪迷栖鸟过。轩下坐，华灯流霰余晖涴。

阳山水蜜桃

独立一峰青著色,千年故事今传得。三月花开红赫赫。人皆识,武陵溪在安阳侧。　转眼破香笼粉湿,凝酥乳汁甘如蜜。拟作新词歌玉液。千钧力,恨无白石春风笔。

黄泥头水芹菜

城北清溪曾向往,风翻绿毯鱼龙撞。渺渺碧波平漾漾。难想象,紫泥秀出琼脂样。　应是寒生肌骨爽,可烹可拌无惆怅。配得鲈鱼开美酿。堪一飨,几多追忆闲清唱。

甘露青鱼

碧色琉璃青荡漾,嘉鱼起跳金波涨。雨雪一蓑寒撒网。收又放,儿童拍手看珠蚌。　千万活鳞明晃晃,分成礼盒琅琅响。佳节堪行钟鼓飨。开新酿,灯红酒绿年光样。

何小龙

何小龙(1952—),江苏无锡人。毕业于东北重型机械学院(今燕山大学)。无锡机床股份有限公司高级经济师。无锡市老年大学晴晖诗社社长。

许叔微故居

马山堤上柳枝新,湖水湛蓝绝世尘。
学士旧居何处觅,三橿古树掩高宸。

潘雨龙

潘雨龙（1952—），江苏无锡人。下乡当过知青，在无锡市纪委岗位退休。无锡市诗词协会会员、碧山吟社社员。著有《水龙吟》《雨绵绵》等。

健康路

回城问道健康路，达叟陪过体育场。
工会洋楼曾姓薛，苏南行署后麾商。
横穿闹市车尘淡，接近名门文脉长。
尤喜北端书局大，但嗟寻宝总空囊。

小娄巷

高楼影里小娄长，旧巷焕然新瓦墙。
前后牌坊迎雅客，纵横店肆乏书香。
秦谈门改难寻主，王谢燕飞谁返乡。
福寿堂西馨扑鼻，隔花窗拜牡丹皇。

寄畅园

康乾题刻炫门庭，记得严君一点醒。
山色溪光雨中看，金拟玉戛暮间听。
惠泉勾引明漪鉴，龙塔借来舒性灵。
辫帝巡游图录去，颐和冒出二胎亭。

访崇安寺

崇安无寺重文商，劫后整修新旧妆。
阿炳故居琴郁郁，锺书高馆诵琅琅。
敬瞻秦起迎风像，欣试羲之涤砚塘。
挤入皇亭寻圣谕，梅花糕绽小笼香。

临江仙·车过太湖隧道

头顶波涛三万顷，白云犹戏蓝天。金龙宝马莫争先。传花歌未尽，撞日到灵山。 大佛何功香火旺，高高俯视人间。我称工匠胜神仙。造廊湖底下，笔直锡常连。

金缕曲·惠山顾祠怀贞观

庑下听风雨。读书声、未曾消散，祖联铭柱。东畔淙淙山泉唱，小屋三楹谁寓。隔牖数、册多无酹。道是梁汾吟饮处，积书岩、昔任春风度。今却闭，子何去。 翻开《弹指》知行屦。往姑苏、订盟慎社，咏梅图鹭。远赴京师求功业，陛见君王底趣。遇性德、金兰结侣。鼎力相援蒙冤友，死复生、掸雪归吴浒。穿越也，柳休阻。

梁荣春

梁荣春（1952—），江苏无锡人。一级警督，全国公安文联会员，江苏省书法家协会会员，太湖美术馆执行馆长。

黄埠墩吊文天祥

跪送哭声君可听，金山冉冉留贤星。

心言一吐绝千古，为国尽忠垂汗青。

江云龙

江云龙（1952—），江苏无锡人。中华诗词学会会员，无锡市诗词协会会员、碧山吟社社员。

寄畅园秋色

秦园寄畅演秋容，一涧八音吟九龙。
墨染轻颜书菊绿，毫濡重彩画枫红。
通幽曲径鱼知乐，僻静回廊风入松。
引水借山成别趣，小中见大显神功。

梅园踏雪

西风一夜报隆冬，奇景满园迥不同。
絮落亭前铺白玉，珠倾塔下缀猩红。
轻云欲共虬龙舞，山鸟还惊寒气浓。
踏雪寻梅梅有意，千枝万树竞芳容。

太湖泛金

霄落朱砂万里金，湖山醉倒覆丹衾。
银盘霞靥齐天地，金缕霓裳共古今。
百鸟云翔歌震泽，千帆风动听瑶琴。
烟笼灯塔冥鼋渚，咫尺蓬莱远客心。

费明华

费明华（1952—），江苏无锡人。硕放中学退休老师，江苏省教育学会会员，《初中教学研究》原编辑，《无锡教育》原特约编辑。

沁园春·空港颂

水域唐庄，万物得时，地杰人雄。望港城崛起，雄鹰展翅，高楼栉比，大道交通。锦绣云霞，人和惠畅，港畔南河尽沐风。墙门里，看望虞波浪，昭嗣听松。　绘临吴地天宫。看发展鸿图硕果丰。沐改开雨露，春来千里，恩延万代，硕放声洪。古镇章华，流光溢彩，只为新城妆意浓。愿空港，长此三春景，耀眼苍穹。

清平乐·游昭嗣堂香楠厅

望虞涛远。昭嗣随风卷。每藉古情宣旧传。一叙让贤仁善。
金线楠贵迷蒙。半亭泣露叮咚。明士思因痛饮，洛莹丝带争红。

吴俊义

吴俊义（1952—），江苏无锡玉祁镇人。1987年转业在玉祁镇政府工作。曾任梅里诗社理事、锡山区作家协会副主席。

醉花阴·蓉湖

大溇港河波浪细，十里荷香醉。南北骋游龙，九曲三弯，两岸呈祥瑞。　二千亩地群芳会，十八村荫翠。琅琅读书声，桑梓颜开，代代人文萃。

蔡锦元

蔡锦元（1953—），网名茅檐听雨，江苏无锡人。碧山吟社社员。

小娄巷雨中吟

高门深巷行人杳，蕉叶檐阶碎滴多。
珂佩传声何处听，一帘烟雨且延俄。

尚贤河赏荷

翩翩玉伞连云碧，绰约仙姿映日红。
芦荻叶深应有路，鹭鸥共我濯清风。

倪云林先生祠怀古

疏林远岫生清气，道骨禅心了俗尘。
何似孤云闲一抹，古来旷逸几多人。

浣溪沙·公花园二十四景之清风斗茶

曲沼寻诗卿与双，洞虚仙杳出西廊。清风过墅半窗凉。　沃若侵帘凝树色，蓬然袭几散花香。茶樽识味较谁长。

阮郎归·蠡园桃花

晴波五里碧粼粼，宜将洗世尘。溢红滴翠自凝春，扁舟弄钓纶。　飘绛雨，染绯云，柳间桃色新。品霞欲醉武陵人，南堤能断魂。

渔家傲·谒泰伯庙

阊闾关前春水绕，德城雉堞映清晓，翠柏香花风日好。光自耀，雍容应是吴宗庙。　岐凤未鸣犹有兆，决然转徙江南道，妆就荆蛮高古貌。逸尘表，疏梅朗月长相照。

朱 迅

朱迅（1953—），江苏宜兴人。宜兴市荆溪诗社副社长。著有《春天的音符》。

浣溪沙·阳羡御茶咏

一脉青山产御茶，千层茶海映春花，归来小酌泡灵芽。　阳羡溪流瑶草碧，欣逢谷雨客方家，清香满舍慰诗牙。

潘 枫

潘枫（1953—），本名潘福洪，江苏宜兴张渚镇人。宜兴市荆溪诗社社员，宜兴市古镇文化研究会成员。

隐龙谷游吟

山幽龙隐地，谷静鸟啼空。
柳岸轻烟绿，花台逸照红。
湖光清映日，树色翠浮虹。
醉酒眠松月，酣歌对晚风。

云湖晚眺

烟波倒影漾云峰，归鸟长天阔水中。
远眺随心方尽美，晚霞醉入一湖红。

石罗墩赏映山红

依石芳姿美几重，映山映水映春风。
云波花浪涟漪起，溪谷流霞一望红。

顾生根

顾生根（1953—），江苏无锡人。无锡市诗词协会会员、碧山吟社社员。

永兴寺

长河连寺影，宝殿尽飞檐。
紫气常缭绕，青霞独顾瞻。
佛心烟火映，人意晚香添。
超度慈亲处，禅经到翠尖。

云庆寺

墨池云影度，石塔独雷惊。
往事千年唱，遗踪一曲鸣。
飞檐何似旧，古庙又重生。
兴废光阴里，浮沉但善行。

净慧寺

日照山门古，云深佛舍陈。
游观何触景，过往但由人。
御赐空诗兴，遗留入世尘。
灵踪恒久在，信众万年新。

广福寺

峭岩飞万浪，鼋渚合三山。
佛界清幽地，经声寂静还。
素心藏物外，无意隐尘间。
达者因缘至，飘然若等闲。

朱永和

朱永和（1954—　），字文铭，江苏无锡人（祖籍宿迁）。南师大自考汉语言文学专科学历，好古文诗词，工书画。国语和书画兼职教师，无锡市诗词协会会员、碧山吟社社员。

春访古贤周舜卿故居

京堂翠柳映河中，缘岸连薨耐叟功。
一介布衣恩古镇，燕鸣旧宅数芳踪。

秋览管社山庄古渡

管社湖津遗旧踪，虞崖薄雾绕山丛。
扁舟欸乃惊鸥起，摇曳兼葭日暮中。

夏登鹿顶山眺鼋头渚

群山滴翠太湖边，农舍盘桓果树田。
雨过涧溪飞瀑布，炎来草木驻轻烟。
鸥鸣比翼游船后，我叹登峰曲阁前。
眺望金瓯鼋渚岛，白帆明镜挂苍天。

冬游渤公岛

湖边似雪苇花湾，游客轻裘不觉寒。
日照亭台烟渚岛，水临楼榭镜沙滩。
白鱼乱蹦吞香饵，苍鹭环飞夺诱餐。
雾薄层林冲漠处，风吹鹿顶到云端。

蒋定之

蒋定之（1954—），江苏溧阳人。中华诗词学会常务理事，江苏省诗词协会会长。曾先后担任无锡市委书记、江苏省常务副省长、海南省省长、江苏省政协主席等职。

宜兴西渚

江南暖野意纷纷，一段流霞一段魂。
长竹当窗啼鸟静，云湖寺外小山村。

无锡吟

春风约我下江南，四月山河寸寸蓝。
寄畅园中人不断，鼋头渚下梦犹酣。
催归细雨添行色，返照斜阳入翠岚。
今日登临看不尽，东林不是去年坛。

拈花湾小镇

新筑禅乡不一般，横陈百折太湖湾。
岸深桥小花开处，棹短舟长春水潺。
今坐吴船穿雨过，更寻大隐到灵山。
此身非是行香客，只恋苍梧屡往还。

如梦令·过无锡蠡湖新城

一抹夕阳烟树，五里月亭秋露，今日效陶朱，荷影晚霞柔橹。佳处，佳处，约个故人同住。

鹧鸪天·过无锡梅园

疏影梅园霜色衣，夕阳西去日迟迟。新丛老圃花溪艳，香海方轩洞户奇。　佳丽地，鹤云姿，金风送爽寸心驰。范蠡击棹歌明月，谢朓流连山水诗。

江南春·宜兴太华山村农家见闻

沙石路，竹林溪。篱门香菜地，黄菊蝶纷飞。树前树后花多少，闲客闲行湖汊西。

定风波·拈花湾

大道无门夜色浓，花湾横卧古风中。曲岸随波精舍静，香径，半窗湖月半窗峰。　疑是武陵春世界，心懒，一花一草载朦胧。莫说篱墙灯火瘦，添寿，池边柳影水溶溶。

宋志刚

宋志刚（1954—），字毅之，号怡心室主，江苏无锡人。中华诗词学会会员。曾任无锡市碧山吟社副社长兼秘书长。

游无锡新梅园

早春偶去浒山东，不与风光往日同。
曲径回廊成雅趣，花溪碧水亮新容。
冰心洁玉幽香远，铁骨柔情意韵浓。
梅塔登高留旧客，清芬轩里酒三盅。

姚伟明

姚伟明（1954—），江苏无锡荡口人。无锡市诗词协会副会长兼秘书长，碧山吟社副社长。著有《明明德集》。

回顾净慧寺

净慧朝灵隐，香船共笠蓑。
无缘临御驾，历代毁金戈。
有幸高僧住，何妨法事多。
慈悲来济世，天下万民和。

尚田小镇

朝南巷北粉墙东，梅沁亭中绿野风。
莫羡谢公何处宿，尚田且与武陵通。

随诗社诸君游谢埭荡

昔日赶虾芦荻下，今朝恍若入梁园。
风清墅舍闻金桂，水拍汀洲秀美荪。
极目三吴天地阔，细听万籁色香吞。
人间何处鸥盟约，遥指江南谢埭村。

与诗社诸友同游严家桥

金桂迟香稻亦青，熏风迎客景溪亭。
桥边津柳依稀记，船上苦蓑窸窣听。
秋水千年留新月，人生一世若浮萍。
同游不晓曾经泪，呼入欢颜摄共屏。

长广溪大王庙

长广溪流映夕阳，鎏金溢彩画桥廊。
鹊归修竹啾声密，暮起横山古道藏。
万里江河多变幻，千秋云雨寄沧浪。
幽观香烛为谁祭，却记彭城徐偃王。

清平乐·山门口断想

石塘南脊，古道深深碧。乱石丛中何处觅，千载烽烟遗迹。　后主军帐连营，缪王铁马夜行。都付广溪一水，空留路耿山名。

八声甘州·鹿顶山远眺

望楚天越水具区湾，苍茫漫无边。忆夫椒鏖战，闾江临守，一片云烟。多少英雄故事，古籍有谁翻。寂寂春申涧，不计当年。　自古江东沃土，养一方贤德，处处桃源。惜空名蛮族，不见主中原。叹尘寰、凶顽制胜，惜大同、唯有梦连连。飞霞处、几声悲雁，落日孤悬。

高阳台·偕诗友游鸿山

翠盖皇山，松风石径，烟花三月偕行。一路寻探，谁留岁月峥嵘。巉岩虎印留明月，看剑痕，李吕鸥盟。石滩边，赭壁栖云，放鹤占星。　山前曲水残阳里，看先吴遗迹，良渚文明。墩草萋萋，何堪冷月流萤。几声布谷幽篁里，任古碑，至德无声。踏归程，但笑齐眉，不说曾经。

李界明

李界明（1955—），江苏无锡人。原一〇一医院普外科主任、主任医师，中华诗词学会会员，无锡市诗词协会会员。

伯渎河

袅袅青枝拂小禾，飏飏白鹭逐清波。
梅村三月桃花雨，万缕千丝入此河。

泰伯庙

伯渎河滨晓钟响，红梅翠竹泛华光。
谁家老妪金炉处，携手童孙来上香。

过蠡园经济开发园区

赤怀一片育梧桐，好为凤凰遮雨风。
胜景蠡湖三百处，最佳一处在园中。

小桃园东大池

明珠碧天落，嵌在惠山东。
又似一轮日，长萦几度红。
水亭呢燕子，火树杂梧桐。
最是睡莲好，朝朝宿此中。

瞻陆定一祖居

门径净无苔，檐牙仰古槐。
风寒知黛瓦，雪重识良材。
坦荡故人去，呢喃新燕来。
清明桑梓地，又见杜鹃开。

潘建清

潘建清（1955—），江苏无锡人。中华诗词学会会员，无锡市作家协会会员，无锡市诗词协会会员、碧山吟社社员。

太湖秋夜

秋月金风满，芳香暗入尘。
幽兰谁寂寞，夜景自迷人。
遥望平湖远，近闻黄酒醇。
白帆前已去，心静自然珍。

夜游古运河

运河横越市区中，月色迷朦水韵笼。
两岸彩灯招墨客，一排杨柳引箫风。
谁家溢出酒香曲，哪里飘来厨艺功。
诗趣自成天籁乐，几分钟爱蕴苍穹。

鹧鸪天·烟雨蠡园游

烟雨游园景不同，身随小径沐春风。孤莲舫内琴音绕，四季亭边柳韵重。　摇竹紫，蕴桃红。长廊伴忆味无穷。迷朦远眺舟帆影，一任逍遥幻化中。

满江红·庚子初夏游管社山庄有怀

柳绿花红，风吹过、蝶蜂飞舞。舒望眼、太湖开阔，几番晴雨。多少浪涛吴越事，万千烽火黔民苦。记当年、逐鹿向中原，争新主。

栏杆倚，宏思绪。陵谷世，幽簧路。任西施范蠡，泛舟归去。闲话渔樵时把酒，笑评岁月空凭语。敬前贤、杨氏泽乡民，山庄驻。

韩传华

韩传华（1955—），江苏无锡人。机械工程师。退休后在老年大学学习古诗词。

登无锡惠山

时值初冬季，浮云结晓烟。
光疏枝杪密，道陡峻崖悬。
但见黄公涧，难寻舜帝田。
眼前攸豁亮，已近惠山巅。

管社山庄赏荷

绿叶如盘凝露华，红花绽放吐金芽。
游人笑指羞苞美，满目荷塘遍九葩。

游渤公岛有感

湖光山色渤公岛，艳丽声华草蕙香。
水浸苇滩波拍岸，藤缠廊架叶遮阳。
闲鸥对夕呼群急，游客敧亭摄影忙。
此景本应仙阁有，先贤移接慰吾乡。

王婉敏

王婉敏（1955—），女，江苏无锡人。无锡市诗词协会副秘书长，碧山吟社社员。著有《枫香晚华集》。

梦横塘·过云蔼园

小楼灰白，花叶红黄，嫩寒初到庭院。百岁沧桑，自隐逸、无求昭显。梅干盘虬，曲池流碧，桂丛香散。但烟岚紫翠，尽纳怀中，登高阁、西风满。　泠泠竹籁穿廊，惊苔封石刻，绿字深浅。细说平生，谁解得、味云心眼。料堪慰、杨家一脉，世代相传此园健。隔断红尘，大墙门外，任车流声乱。

琵琶仙·瞻拜倪云林祠

秋霁祠堂，正风扫、落叶阶前堆叠。斜日回照云林，还惊景清绝。山麓下、黄花似簇，九龙脊、赤枫如血。竹径幽幽，兰房寂寂，蝉噪都歇。　问何处、堪洗青桐，有流水、泙泙尚能说。孤坐阁中清冈，与尘襟全别。三两笔，疏烟远岫，数十条，木石皴裂。一代诗画名家，万民参谒。

高阳台·游西施岛

岫绾青螺，湖开玉镜，渡头谁放吴船。曾几番游，看花听鸟流连。老来犹喜亲山水，笑无拘、醉帽吟鞭。更春回，芳径清幽，草木喧妍。　当年西子知何处，但风吹蒲柳，浪打芦滩。故事凄迷，早从岁月流迁。如今孤岛成胜地，见行人、联袂凭肩。待归时，暮霭残霞，飞入鸥鹍。

笛家·长广溪

红蓼沙滩，白芦烟渚，长溪空阔，一桥横锁寒波皱。雪鹭孤立，野鸭群游，夕阳照水，丹霞披岫。港汊三湾，几番疏浚，盛事堪回首。浩汤汤，向南去，放眼太湖入口。　叹久。日月交替，荣华自老，靖节归来，古木萧森，涛声依旧。爱恋、是处春花秋月，往复来酬情厚。王问曾歌，石碑遗刻，当步前人后。南山卧，钓沧浪，朗啸拂过堤柳。

祝英台近·访忍草庵

夏阴浓，山径仄，泉响在幽处。云气霏微，深藏旧梵宇。可怜老树荒台,断碑残字,尚一段、风流记取。　久凝伫。遥想玩月抽梯，曾谁探清趣。也倚楼窗，不似那情绪。见说方外烟霞，草庵八景，奈都被、浮尘遮住。

南乡子·黄公涧

雨后水漫漫。千丈悬淙落半山。鸣石敲金天籁响，喧喧。流入溪湖未见还。　陈迹溯渊源。饮马黄公不记年。尚有碧潭云可卧，悠然。此处幽寻境自宽。

折丹桂·访古村严家桥

川流一道烟光薄。曲陌相交错。小桥横跨百余年，枕碧水、连楼阁。　依稀景象浑如昨。怀梦凭谁托。滩簧声里夕阳斜,野色迥、心如濯。

谢池春·荡口古镇

澄澈鹅湖，环抱野田墟里。小桥横、清波旖旎。沿河柳碧，有旧庐鳞次。每重来、总兴叹耳。　钱家华氏,几代名人雄起。便而今、风流划地。浮云苍狗，笑流年如水。听琵琶、拨弹前事。

吴开荣

吴开荣（1955— ），江苏宜兴人。宜兴市荆溪诗社社长，《荆溪诗联》主编。著有《蜀麓吟》，编有《古今咏陶诗联集》《阳羡词三大家评析》等书。

访南岳寺

四周翠蔼透灵光，黑虎白蛇禅意长。
欲问桐庐天宝事，甘泉吟唱永流芳。

清平乐·访无锡鸿山遗址博物馆

墓群活矣。吴越春秋史。瓷玉洋洋谁可比。且自丘承数起。
三尊击缶稀珍，几千佩玦氤氲。更有磬钟礼乐，清悠悦耳如闻。

苏幕遮·竺山心留阁寄怀

拈花湾，登锦阁。试问先生、可否鸥盟乐。福善僧庐今坐落，听雨亭中，仰止怀吟魄。　太湖旁，神笔作。大有盈畴，喜报今非昨。康养仙居栖寿鹤，六面荧屏，鸾珮逢香陌。

余志炎

余志炎（1955—），网名余韵、江南人未，浙江余姚人。大学毕业后到无锡从事微电子制造技术、管理工作，高级工程师。

减字木兰花·秋游寄畅园

高低落叶，幽石暖阳深浅抹。远近寒花，涧草溪云浓淡霞。　天蓝池碧，鹤步滩前光影色。藤紫枫红，锦汇漪边画意浓。

南歌子·蠡湖晚眺

水暗流霞染，山横落日融。微风轻吻瘦梧桐，晚有初寒细浪、伴诗翁。　紫陌迷孤鹜，黄云恋众鸿。长桥火树暮烟笼，正待柔情秋月、挂星空。

满庭芳·鼋渚赏樱

一渚迎霞，三山送碧，盼来久雨新晴。露樱花艳，游客已盈盈。鸟语柔柔剪燕，花香细细闻莺。樱花谷，摇红泛粉，景色艳当惊。　春英。渐暮色，灯光缥缈，花影娉婷。赏樱花，美如仙境横屏。水上波光滟滟，桥前树色萦萦。纵情赏，长春送彩，梦幻满群樱。

孙　俭

孙俭（1956—），女，江苏无锡人。诗文散见于《太湖》《中国诗词》。

游阳山桃林

半天阴雨半朦胧，千树桃花别样红。
每每东风吹又过，下蹊新履不相同。

李阳辉

李阳辉（1956—），网名古运河边翁，江西萍乡人，定居无锡。无锡市诗词协会会员。

初春尚贤湖

嫩草鹅黄柳，春风荡漾湖。
莺飞栏外树，声断水中凫。
翠翠新枝叶，萧萧旧荻芦。
东君何恶好，迟早赋荣苏。

游蠡河公园用杜甫柳边原韵

市府东行处，蠡河景色新。
含苞名木笔，绽蕾号迎春。
白鹭频偷眼，闲翁独健身。
梁溪钟毓秀，代有碧山人。

宝界山揽胜

胜日登临宝界山，群峰迤逦水回环。
一轮慢转青林外，三岛分陈碧浒湾。
云影奔驰吴地阔，湖光望断越天间。
清时美景周遭在，盛世祥和满宇寰。

谒秦观墓

少游青塚脉昂藏，巍耸牌坊对享堂。
三尺土高形惠小，一瓯泉洌映天光。
词宗婉约苏门士，诗格清柔淮海乡。
恨我晚生千百载，未能立雪学华章。

余振民

余振民（1956—），网名溪边渔翁，江苏江阴人。定居无锡。无锡市诗词协会会员、碧山吟社社员，无锡市书法家协会会员。

题宛山湖大桥

仰卧擎天日，锡虞凭要冲。
无心生美景，畅意谱新风。
静练千寻白，家山一抹红。
委身依埭荡，水陆坦途通。

鼋头春色

接天浩渺水浮金，合谷招邀花径深。
解语鼋头佳景绝，春来最是动人心。

太　湖

烟波浩瀚莫形容，应信洪涛隐巨龙。
但觉瑶池藏玉兔，迷离放浪夺青峰。

战鼓墩怀古

史上雄威何处寻，破帆断戟掩埋深。
杀声蔽日连天水，血气平湖称霸心。
神马西来留圣迹，玉人东去伴知音。
当时战鼓名犹在，重到墩前不可吟。

遥访东大池

一碧深藏咸不争，桃源静处蕴分明。
林稀叶卷痕霜白，客次风低扫雾清。
旧有波光沉午日，纷披杨柳挽平生。
临池未觉沙泉涌，自拥山南千古名。

癸卯寒露再游金匮公园

方圆暗转决疑中，道路环还接引通。
疏密芳阴闻物语，新凉气息架金风。
隐溪纱帐兼葭白，庆节旌幡菡萏红。
九曲尚贤河上走，景观无限在东峰。

严克勤

严克勤（1956—），江苏无锡人，祖籍江苏南通。中国美术家协会会员，中国书法家协会会员。被中宣部评定为全国宣传文化"四个一批"人才，享受国务院政府津贴。

题惠山图轴

春申清涧从天落，石径寒幽松影空。
万卷楼前泉水涌，倩谁酌取洗秋风。

扇面写太湖春景得句

湖光山色独风流，鼋渚春波妙景酬。
数点青螺云水处，一帆瘦影泛兰舟。

宿浩良

宿浩良（1958—），江苏无锡人。毕业于苏州大学。于无锡市惠山区政协退休。碧山吟社社员。

五　牧

英雄远去戟沉沙，五牧津梁落日斜。
双庙千年祀双烈，鼜鼜鼓祭尹和麻。

贯华阁

贯华高阁对云溪，把臂当年去玉梯。
落叶满天如絮语，松风吟啸草萋萋。

行香子·游荡口古镇

波上翩鸿。湛影垂虹。水天清、逸兴无穷。青旗翠阁，知味融融。品鳢儿鲜，藕儿爽，肘儿浓。　落花闲院，行处芳踪。想当年、深巷藏龙。吹箫人远，挑尽灯红。忆柳梢月，梅时雨，荷塘风。

临江仙·拈花湾

秀水灵山禅意画，随心偶得芙蓉。江南烟雨汉唐风。一花拈手笑，三界佛香中。　静坐翠微堪笑语，人闲茶淡情浓。卷帘花影月朦胧。世间多少事，泉石响玎琮。

霜花腴·访高子水居用梦窗韵

碧澜雨霁。倚晚枫、先生正坐危冠。湖上鸥波，梦中宫阙，行藏用舍俱难。枕泉自宽。奈倚声、霜压檐前。对孤灯，再拜京华，淡容从死汨罗寒。　蠡水旧痕寻燕，叹楼边柳色，几换新蝉。家国情怀，东林名节，留芳汗竹云笺。泛舣作船。奠毅魂、松穆花娟。正秋高、翠黛连波，响鸿天际看。

王晓燕

王晓燕（1958—），女，江苏无锡人。民革党员。中华诗词学会会员，无锡市诗词协会会员，钱松嵒艺术研究会常务理事。

龙寺生态月季花吟

此物谁言天上有，人间四季浅深红。
花开花落平常事，笑对阴晴和雨风。

雪浪山薰衣草吟

花海丽波迷紫烟，晴和蓝宇蝶翩跹。
蓬莱仙境霓裳曲，醉美薰衣五月天。

梅跃敏

梅跃敏（1958—），江苏江阴人。上药山禾无锡医药股份有限公司退休员工。无锡市诗词协会会员。

游小桃源

莲花峰翠衬云涛，客隐桃源品自高。
借得白沙清冽水，煮茶吮墨且挥毫。

尚田花海

小镇玫瑰绽艳葩，尚田万朵卧云霞。
莫言春尽芳菲歇，且绘心中四季花。

管社探荷

溪亭木栈接云根，碧叶红荷褪蝶魂。
行至藕塘幽窅处，易安鸥鹭了无痕。

渤公迎秋

掬月回轩醉眼眸，伴云绕雾水中洲。
飞鸥慢舞低吟唱，声告而今渐入秋。

初秋长广溪

长溪微漾寂空幽，石砌廊桥水上楼。
心伴归鸿寻梦去，家山恰待好清秋。

鼋渚秋韵

鼋头闲步有禅音，莲叶微黄秋已侵。
风拂涛声轻拍岸，云飞霞落满湖金。

醉美斗山行

侧聆远处有鸡鸣，凝睇田间薄雾生。
虽则山冈云绕塔，心头仍作武陵行。

张晓霞

张晓霞（1958—），女，河北河间人。南京大学中文系毕业，后分配至无锡市工作，2018年退休。

宛山荡

东地宛山荡，湖如镜面光。
岸边芦荻美，水畔碧莲芳。
两邑古桥跨，三村新稻扬。
忽闻歌调亮，聊发少年狂。

张瑞倩

张瑞倩（1959—），女，江苏无锡人。中华诗词学会会员，无锡市诗词协会会员。

赏无锡梅园的"香海轩"蜡梅

花朵呈幽艳，冬枝带暗香。
斯文挥墨迹，韵语赋梅堂。
风紧馥芬烈，阳斜节气昂。
凛寒无媚骨，冷缕报春芳。

俞华瑞

俞华瑞（1959— ），笔名姑苏沧浪、一休，江苏苏州人，定居无锡。中华诗词协会会员，无锡市诗词协会会员、碧山吟社社员。

江南兰苑

江南岁末探兰苑，绿叶丛间添粉妆。
宿愿无心成静美，知音有意惜幽芳。
诗人得句称花雅，韵味开怀和露香。
冬送一枝春信息，悄应清气兆嘉祥。

贯华阁

章家坞上两词人，岁月屡迁楼阁新。
知己叙怀佳誉载，纳兰留像旧踪湮。
风流旷代犹多感，古迹当今更倍珍。
海内相传骚客慕，境幽松老隔红尘。

醉花间·游杜鹃园

簇翠杜鹃烟霭袅，凝眸姿窈窕。难道凤怀孤，更觉芳春好。　蕊香浮缥缈，玉影生雅俏。含羞娇欲笑。相逢一结踏青缘，梦探寻，花影照。

鹊桥仙·访雪浪山贡茶园旧址

深秋雪浪，远天山色。探访贡茶古处。骚人品茗倚龙泉，采雀舌、杯中香吐。　情浓露冷，天高梦远。笑语莺歌燕舞。老怀知有几多愁，更难忍、会心何苦。

陆晓鹤

陆晓鹤（1959—），江苏无锡人。无锡市诗词协会会员，无锡市国专历史研究会副会长。

听松亭

细雨无声扶玉琴，兰堂香炷入禅林。
九峰叠翠群山远，一叶轻舟寺院深。
年瑞人欢花解语，春融蝶舞鸟知音。
听松亭榭石床醉，古刹青灯见慧心。

钱锺书故居

抓周礼义念书稠，金匮才情展唱酬。
冷屋随风描日月，梅花映雪绘春秋。
灵心慧性照新宇，清兴高怀通古楼。
南北双峰星闪烁，文坛泰斗显宏猷。

崇安寺颂

梁溪首刹闪繁星，独揽清风人杰灵。
阿炳故居吟映月，羲之宅社试兰亭。
御街圣谕载千里，书院钟声越百龄。
商贾如云文脉续，崇安寺颂记昭铭。

西江月·清名桥

碧水龙船惊讶，粉墙黛瓦清遐。古街旧巷映人家，对酒吟诗儒雅。　闲步芳尘幽远，轻舟书海天涯。石桥正是好年华，满月星河潇洒。

蝶恋花·宜兴渍里青梅雪海

远眺青梅花似海。渍里芬芳，碧水蓝天外。万紫千红披锦带，清风朗月流星在。　竹马之交心未改。两小无猜，相处千年爱。天下英雄诗酒载，名人典故添精彩。

胡 荣

胡荣（1960—），女，曾用名胡蓉，网名清荷，重庆江北人，生于贵州贵阳，定居无锡。江苏省诗词协会会员，无锡市诗词协会副秘书长。

滴翠路

一街三里众芳妍，创意开关竟上天。
花气疏寮何处散，景宜滴翠蠡溪边。

蠡园范蠡秤

二月柳堤花雨天，穿林叠石过庭前。
春秋高阁陶朱咏，北斗星辰落秤悬。

杜鹃园

林园野趣惠山阿，云锦绕廊芳涧过。
妙得栽培深岁月，千层蹒跚醉红坡。

东大池

寻幽一镜漾晴晖，路入桃源久忘归。
最羡人家贾湾里，泉清沙白柳绵飞。

张向东

张向东（1960—），江苏常州武进人。曾任无锡市惠山区法院四级调研员。无锡市诗词协会会员。

祥符禅寺纪游

观山门

山门南望镜琉璃，碧水红蕖色相宜。
更喜禅林成住好，满天花雨共心期。

转经筒

经筒旋转感真音，佛法修持汲绠深。
五蕴皆空观自在，众生向善证禅心。

佛脚印

跋涉艰难日日骎，原为济世见悲心。
后人学步多深意，道在前方一路寻。

九龙灌浴

梵音袅袅宝莲开，花雨缤纷妙相来。
曾拓洪荒修佛土，和平世界仰崔嵬。

阿育王柱

一柱擎天四海扬，皈依弘法叹君王。
佛陀愿力知多少，无量光明照八荒。

佛掌台

因缘修得几番功，抚掌加持宿愿通。
随顺众生千百万，是心是佛佛心同。

项海浪

项海浪（1961—），江苏无锡人。文学爱好者，尤喜好古典诗词。无锡市诗词协会会员。

公花园

鸟声频报旧园新，锦绣城中隐卧身。
桃李荣枯无数载，芳颜依旧为谁春。

赏小娄巷牡丹

花开时节满街酬，得意春风不见愁。
多少芳菲争恐后，百年国色独风流。

南长街春夜

和风桥畔月升明，灯火如潮车马横。
得意良辰多笑语，玉人何处暗吹笙。

夏日运河即景

寻芳不觉已蹉跎，草色迷离接水波。
幸遇云开烟雨歇，燕穿两岸柳婆娑。

清名桥月

喧闹街头暮色微，晚风堤岸柳相依。
古桥轮月烟波动，小巷初更犬吠稀。
津渡谁家帘未合，玉箫何处曲犹飞。
悠悠欸乃暗幽里，一盏桅灯浮水归。

周凤鸣

周凤鸣（1961—），江苏无锡人。1984年在常州加入舣舟诗社。中华诗词学会会员，无锡市诗词协会副会长。

荡口吟

荡口游行客，疑成画里身。
门墙风物旧，舟楫水光新。
沽酒青旗铺，卖鱼黄发人。
素书楼下过，翘首仰松筠。

碧山吟社锡山分社首次雅集书怀

属意文心自不凡，无论短褐与青衫。
裁量旧句生新韵，检点诗囊织剑函。
峻岭狻猊应抖擞，香巢燕子任呢喃。
碧山旗下东城客，吟海遥征挂锦帆。

贡湖湾春行

宿雨才晴燕子低，买舟呼客泛春溪。
照花水洗胭脂石，吹叶声过翡翠堤。
风色清明平野阔，波光浩荡远天齐。
去来帆影绕山影，却顾仙踪路欲迷。

严家桥锡剧访源

一湾春水伏清流，波影江东几十州。
赋子初传秀才笔，连宵最累美人喉。
且凭款曲戏中戏，直步嵯峨楼上楼。
丝竹同看繁杂起，高邻亦向问源头。

保安寺怀古

再拜程门许道南，梁溪讲义客僧庵。
人间书院推先引，天下事情难逆探。
理入新章方自得，死由横议复何堪。
如今愧煞东林子，四海清谈意正酣。

泰　伯

三让风标万古高，亦怜天下亦同袍。
文王至德成双璧，季札荣名出九皋。
断发荆蛮投莽莽，存心社稷付劳劳。
事功更在勾吴外，百代明君共一陶。

荡口雅集分韵得云字呈丁欣夫子兼酬溧阳诸君

风骚一日会同群，百丈吟幡卷野云。
金濑飞湍麾旧部，锡山倚势角新军。
千钟酒后狂如我，八斗才前拜向君。
从此相邀无主客，须眉携共石榴裙。

山 林

山林（1962—），江苏无锡人。高级工程师。独立制片人、编导、策划人，兼任《太湖诗刊》主编等。

妙光塔

泠风塔影晚云飞，净地疏凉心可归。
禅意秋声同冷月，妙光若水照清晖。

太湖闲吟

湖山风野归云暮，曳曳寒芦惊白鹭。
峰影水天共夕晖，舟横人歇烟津渡。

仙蠡墩有吟

仙蠡亭台夜听箫，旧时明月复清寥。
秋风入梦吴舟去，吹渡沧波第几桥。

鹧鸪天·梁溪秋夜

凉叶婆娑清朗风。秋声吹梦老梧桐。扁舟明月闲情在，晚树寒蝉尘虑空。　依流水，去惊鸿。溪头曲径暮烟中。今宵吟醉谁家客，独夜沧浪一钓翁。

黄树生

黄树生（1963—），江苏无锡人。无锡市教科院研究员，中华诗词学会会员，江苏省诗词协会常务理事，无锡市诗词协会副会长，碧山吟社社员。著有《湖畔集——黄树生诗词联选》。

西施庄次韵和王维山居秋暝

云庄寻旧约，红叶碧天秋。
风细新如染，波澄漫不流。
闲思千古月，醉爱一方舟。
旅梦知何处，随缘任去留。

宜兴道中

迥野白云中，天行兴不穷。
弄晴芒种雨，吹面麦香风。
绮陌闲宜对，金波醉自雄。
赋诗勤恤意，追忆咏时丰。

奉和吴状元碧山题诗贺秋晴吟社成立

诗坛新筑我来矣，雅集菰川癸卯年。
深处归心容啸傲，盛时野兴学神仙。
岂缘曲妙尘埃外，自是风清水石边。
赓唱竹枝香共茗，一番胜致在琼田。

渔父词·题宜兴双池

一苇晴波起墨花。一荷风影阅清华。欢笑处，读书娃。新庄有梦是吾家。

点绛唇·小灵山采风偶见古神骏寺康熙赐额御书刻石

蓬岛波横，潮音柳色莲如面。梵香经传。高静凡尘远。　贝叶丛间，真谛谁能辨。风丝软。露余云卷。水月禅心见。

江城子·伴奴湾

生绡淡墨草如烟。小溪湾。古林峦。犹记多情，丝竹写余欢。吴越春秋云雨散，荒径晚，野香间。　天涯流落忍阑珊。水云闲。苇声寒。把酒寻诗，回首梦何年。还望君归同一醉，垂柳下，影婵娟。

战志杰

战志杰（1962—），山东青岛人。长期在部队从事宣传工作，转业后在政府部门工作，2009年移居宜兴，从事紫砂和茶文化研究。

蜀山东坡书院

云簇孤山雾满川，钟灵毓秀拱前贤。
俯临蠡水储清越，坐拥平湖纳浩然。
策杖煮泉烟树里，竹符调水玉潭边。
买田高卧红尘远，草舍幽栖笑谪迁。

破阵子·太湖秋暮

湖面波光潋潋，天边几只归船。玉鉴泠泠堆雪浪，吴越苍茫起白烟，恰逢秋月天。　借倚西山虚影，湖心亭上轻寒。风引蒹葭频吻水，潮戏银鸥逐浅滩，涛声起伏间。

张石英

张石英（1963—），女，网名江苏无锡玲珑，江苏无锡人。无锡市诗词协会会员、碧山吟社社员。

惠山名泉

人主初来惠山下，松根相守已千年。
流时云水同心合，过后声名众口传。
到此有茶池上品，至今依旧鼎中煎。
更兼碧落一轮月，独照人间第二泉。

舜柯山麓涤砚池泉

牌坊影入砚池净，犹忆名臣忠定公。
功业未求垂国史，孝心常在系初衷。
相传千顷绿松树，曾是万枝涵碧空。
欲问桑田何处觅，只留泉脉与人通。

舜柯山麓虎头泉

湛岘山根流玉液，相通龙脉已千年。
地中涌出石崖下，坡上回看涤砚前。
洒落有声清似籁，空明生色碧于天。
敢争茗盏留余味，堪比人间第二泉。

拈花湾

靠得灵山千载名，自开仙境福苍生。
坛边佛祖诵经起，寺顶祥云向客迎。
三唱梵音松色碧，一通花意水光明。
由来今古香烟地，可佑民心享太平。

春到梅园

忽听鸟语情无限，动我相思上小亭。
望柳枝枝生碧玉，看花朵朵吐芳馨。
东风点染草犹绿，细雨沾濡色更青。
四野清香迎面至，才知春已到门庭。

邵湘君

邵湘君（1963—），女，网名梅心蝶骨，江苏宜兴人。中华诗词学会会员，江苏省诗词协会会员，宜兴荆溪诗社秘书长。著有《汍边吟歌》。

踏莎行·无锡江原漫步

静水游鱼，斜阳花树。悠闲漫步江原处。初冬仍见蝶蜂飞，海棠尤在芳坛住。　佳景如图，暖情怎虑。银辉依旧千村普。识春满眼是春园，梁溪常见桃源路。

秦 靓

秦靓（1963—），女，江苏无锡人。幼教工作者。古诗词爱好者。无锡市诗词协会会员。

梅园早春

一掬烟霞染半池，东风似爱惹晴丝。
春归此刻横山绿，怒放梅花满树枝。

福寿堂

福寿堂前月色清，春光空付照轩楹。
十年沉寂无新事，魏紫延留后世名。

樱花谷

粉靥柔姿仙女身，暗香过处净浮尘。
纷纷红雨舞三月，阡陌而今多暖春。

蠡　园

晴红复烟绿，波渺接天茫。
亭聚四时意，廊深千步香。
青萍待春晓，白帆映秋阳。
欲问渔舟子，由缘识范郎。

忆江南

江南忆，最忆在鼋头。鹿顶山前寻棹韵，横云崖上看渔收。欢意荡扁舟。

吴晓喜

吴晓喜（1964—），江苏宜兴人。中华诗词学会会员。

访宜兴鲸塘古街

老街遗久远，相守几朝人。
石静东西卧，门开左右邻。
隔窗听古韵，近壁拂新尘。
翁媪轻闲步，迎眸透朴真。

陶都阳羡紫砂吟

氤氲壶里喜忧藏，风月千秋韵未央。
衔梦老城阳羡处，满街尽透紫泥香。

赏太华骊山梅有作

骄梅楚楚爱孤芳，懒看桃花抹艳妆。
瘦影无需风月顾，斜枝总有蝶蜂藏。
非因凤侣羞添色，许为骚人暗溢香。
待到众葩争放日，唯她款款入诗囊。

游芙蓉寺牡丹园

春深嫁杏望君来，绿羽霞裳半醉开。
金露含苞凝雾面，霓光透影秀池台。
轻看彩幛石崇妒，懒对香炉荀令猜。
独向东风倾国色，诗囊未解已羞腮。

阳羡春韵

荆溪两岸柳芽黄，更有清风送暗香。
西氿叠波亲曲岸，蜀山旅雁跃重冈。
吟歌竹海情犹盛，漫步茶洲兴未央。
惯有宾朋轻探问，可来阳羡买田房。

冯德宏

冯德宏（1964—），江苏无锡人。主任医师，博士生导师。无锡市诗词协会会员、碧山吟社社员。

南方泉

鱼舍蟹庄丛，湖村似画中。
秋沙桥自贯，鸥远水庭空。

忆春日南门运河雨夜

初更雨过城中寺，路出望湖作夜游。
伯渎港边邀绿蚁，清名桥底买兰舟。
醉吟丝竹三河巷，醒数灯船九码头。
花水翛然添锡邑，晚风何必觅苏州。

秋日游渔父岛有感

半日斜阳半日风，渔台闲坐扮从容。
忽惊复岭曾相识，何悔诗情偶一逢。
简默常忧秋色淡，逍遥微喜古心浓。
林丘勿管他山事，天道恢恢觅老龙。

点绛唇·冬日梅园

随伴西风，山南又识寒烟落。粉墙斑驳，岚雾遮亭角。　暗数佳期，忍负梅花约。登凤阁，步空林壑，早看春云薄。

殿前欢·管社山庄

似蓬莱，溪庄松壑濯纤埃。钓璜锵玉三千载，昨日情怀。　归云欲上阶，空三界，一览湖天外。莲花湾里，近水楼台。

喜迁莺·寄畅园知鱼槛秋游

石径里，瀑泉凉。云涧绕高堂。一弯野水照轩窗，龙戏镜中央。　醒醉间，身如鹤。吟客枉猜鱼乐。轻摇池畔赤霞风，弄影斗鳞红。

蝶恋花·蠡园行雨

雨过西窗思几许。借问东风，安识春无序。因盼生花纷满路，怎辞重屋萦飞絮。　莺燕同愁浑不语。野水横流，争奈牵离绪。春涨欲寻塘上渡，期期隔岸听金缕。

浪淘沙令·鼋头渚樱花节

朝日隐轻霞，欲觅春花。芳晨晏起煮新茶。因识江南图画里，渐染韶华。　湖畔路横斜，接水云沙。满山风色动林鸦。蝶粉露红穷涧谷，已近仙涯。

强永良

强永良（1964—），江苏无锡玉祁人。无锡市诗词协会会员、碧山吟社社员。

玉祁漫行

风和佛阁留春树，日暖铜亭影挂墙。
长巷良田千亩熟，盈科酒埠十分香。
儿童追逐飞沙鸟，玉女吹笙戏凤凰。
都说蓬莱山色美，芙蓉国里好疏狂。

陆文英

陆文英（1964—），女，江苏无锡人。中华诗词学会会员，江苏省诗词协会会员，江苏省美术家协会会员，宜兴市荆溪诗社副秘书长。

翻越铜官山

寺旁小径入修篁，沙石叶泥凝雪霜。
风过犹如寅虎啸，歌来且作谪仙狂。
游心鹤上力何薄，纵目云间道且长。
峰转豁然楼错落，流光熠熠我家乡。

游龙池山

远近高低碧玉妆，连绵千顷绿茶香。
斜阳沐叶黄金色，曲径行车富贵乡。
人在龙池知澹泊，鸟停凤阁感芬芳。
沾眉尘虑如烟散，满耳清鸣悠且长。

浣溪沙·无锡宝界公园

湖岸临风几钓人。挥竿击水试云痕。蒹葭郁郁掩红鳞。　耳际响蛙鸣不已，身前跳雀羽常新。隔林帆影酌霞真。

浣溪沙·雨中龙山

湖汊龙吟响彻山。冲尘漱石蓼花湾。飞烟载客竞奇观。　云出青峰犹弄色，人拈白练尽欢颜。濯缨听雨小溪前。

武陵春·周铁大有秋

湖上微风比岭秀，潋潋一窗明。皓雪飞泉留客停。极目远山青。
对岸灵山容色近，人在画中行。水鸟凌波信有声。钟磬正和鸣。

武陵春·白塔村景

六角亭前云带绿，木叶泛清光。玉茗修篁衬白墙，檐下鸟乘凉。
有塔街钟声自远，尘事少奔忙。布谷光阴会短长，坐看日昏黄。

踏莎行·游阳羡月城巷

竹具清宁，盆花自放，雕窗小户争殊状。有香千面觉人痴，无
痕数点消尘障。　轻隔烟云，还休虚妄，满墙疏影应无恙。流光拂
过鬓边霜，浮生半卷东风巷。

长广溪湿地廊桥

于建军

于建军（1964—），江苏如东人，于无锡工作。中华诗词学会会员。

黄埠墩

闲庭存古韵，隔岸望晴空。
莺啭春烟里，身浮碧水中。
苔痕淹旧梦，匾碣记元功。
朝夕凭帆影，听涛岁岁同。

江阴黄山

岭北长台要塞开，孤亭石径待君来。
龙岗槐谷花如雨，洗尽苍穹无片埃。

金匮公园

粉樱摇曳鸟鸣间，暮晚春光境自闲。
曲径幽然枝色艳，终将意趣入林关。

五里湖

残荷衰叶满平湖，影动凉飓入画图。
蝶梦三秋空似有，凡尘一世瞬如无。
且携陶令篱边酒，来会程门雪里儒。
风雨江河抬眼过，便成山水一潜夫。

春申涧

雨后山泉祥瑞浮，春申饮马涧中收。
彩虹闪耀千年梦，曲水氤氲一带绸。
独有石桥狮望古，难寻珠履客同休。
鹄鸣胜境空灵戏，不废江湖自在流。

黄友明

黄友明（1964—），网名林泉茶翁，江苏无锡人。高级职业经纪人。无锡市诗词协会会员、碧山吟社社员。

访胜子岭

勇攀古道青崖上，真武宫前说探花。
极目太湖三万顷，春风作意共流霞。

斗山矮脚雾

山丘晓雾化神奇，林下冥濛和露滋。
缭绕秋来春梦续，绿茶柑橘慰相思。

游金匮公园满珍樱花林

仙姿一径接天光，杏面桃腮醉几场。
金匮春分脂粉色，清风环绕绮罗香。
忘情玉蝶牵诗梦，得趣娇莺啭舌簧。
最是游人贪恋处，帐篷顶顶即家乡。

景溪亭感怀

身世何惭水上萍，夕阳斜挂景溪亭。
鬓因久客难为绿，柳到深秋犹见青。
南国归心随候雁，碧山知己敞襟灵。
忘情最是耽诗酒，相对金风任醉醒。

访严家桥古村

锡剧之乡远俗尘，一桥万善意何亲。
几重竹巷幽如画，若个梨园秀是春。
妙趣相呼吟社客，诗情欲醉有心人。
适闻安置新居所，来岁花开与作邻。

游荡口

襟带鹅湖淡淡妆，小桥古径共流光。
映门酒幌秋帘外，临水弦歌逸韵长。
不独高风崇孝义，向来雅意好文章。
欣逢步入新时代，胜迹堪酬三让王。

访谢埭荡

金秋诗酒兴何如，骚客采风心自舒。
得句每因能筑梦，尝鲜还羡久安居。
霜前丰产鸡头米，湖里欢游凤尾鱼。
最是田园新特色，共依纯美乐琴书。

蒋震宇

蒋震宇（1964—），江苏无锡人。中国书法家协会会员，江苏省诗词协会会员，无锡市梁溪区文联副主席、书法家协会主席，云林书画院院长。

菩萨蛮·惠山寺秋日写生

梵音钟鼓寻山去。凌云百尺金黄驻。玉蝶舞清音。飞花寺院深。　竹炉围翠碧。泉落听松石。薄暮雨吹来。无人过直街。

浪淘沙令·游阳山桃花源

细雨沐初春。湖畔浓晨。花开十里晓风醺。山寺穷林秾秀发，朵朵凝魂。　依旧踏青云。落影缤纷。坐看红树不知邻。行尽清溪来问路，误入桃村。

踏莎行·访周新古镇

乱世沧桑，传奇立命。布衣藤杖江湖骋。缫丝煤铁创鸿基，营商开镇黎民敬。　曲影篷船，回廊幽径。三街七巷人流竞。避庐门第故居新，百年烟火周新盛。

临江仙·金匮公园赏樱

雨沐尚贤斜柳密，春来金匮氤氲。观山阁下晓莺勤。满珍坡簇拥，再作看花人。　溪谷岸樱芳菲季，团团如霰微醺。繁枝粉蕊碧波闻。漫天如雪舞，不觉影缤纷。

喝火令·临文衡山惠山茶会图有感

惠麓山泉隐，云屏古井凉。竹炉聊试雨前香。松柏草亭人影，吟咏客来常。　石色敷青绿，稠林秀赤黄。画风求变卧游藏。造化为师，细笔意昂扬。韵胜比肩松雪，再续晋贤觞。

看花回·访薛福成故居

锦石庭深竹映凉。云栋韬堂。戏台花榭寻流水，绕曲廊、柳絮悠飏。转盘楼上走，不觉凝望。　洋务维新绝少狂。壮志轩昂。万言平策救时弊，选贤能、务本廉倡。担当钦使出，今世周彰。

天仙子·游崇安寺

舍邸右军禅寺考，首刹梁溪池上晓。皇亭圣谕历朝传，空翠袅。琴弦绕。映月听松阿炳耀。　吴会名闻如梦扫，夜放千灯钟鼓照。繁华市井老城厢，花影俏。街坊闹。醉饮贪杯君莫笑。

清名桥

李春生

李春生（1965—），甘肃天水人。于无锡工作。无锡市诗词协会会员、碧山吟社社员。

贡湖湾

碧水湾环浸晓霞，柔杨芦荻向无涯。
游凫自在鳞光远，行客悠然日影斜。
十里长堤堆雪浪，一园修竹近云华。
烟波尽处天同色，醉眼何须问酒家。

巡塘古镇

巡塘河畔俏江南，好景曾言已熟谙。
半岛环流孤棹渡，五桥连缀两肩担。
花盈小院风清润，月满丹虹浪细涵。
不舍耘耕今古意，农家依旧事桑蚕。

蠡园春光

层波叠影鹭低徊，花气清醇拂面来。
风动樱枝飘白雪，人穿桃径醉红腮。
三春景色千寻阔，五里湖光四望开。
飞棹兰舟邀少伯，温馨月下就金杯。

二泉秋韵

螭首喷珠紫气浮，枫红石白涌清流。
钟鸣松阵云烟浅，露滴篱沿菊桂柔。
杏叶飘零金一片，月光摇曳影双钩。
慢烹细品仙茶味，拨动奚琴意不休。

美丽锡西城

花海田园啭语声，漪波幽径锡西城。
高楼月拥疑遥渡，阔道林分向远征。
春恋青樱风雨绽，秋耽金菊露霜生。
年丰物富人安乐，繁会延承不必争。

浣溪沙·蠡湖风光

绿叠红堆满苑香，青山碧水拂韶光。轻舟影里荡斜阳。　两袖
煦风无限好，一声莺语几多长。游人趁景转身忙。

司马经永

司马经永（1965—），湖北公安人。1983 年入伍入学，理工硕士，2000
年转业定居无锡。文学爱好者。

浣溪沙·寒露时节无锡湿地漫步

瑟瑟荻花芦苇黄，芙蓉依岸坠天香，碧空半落白霓裳。　三径
疏扉迎晚露，一湾止水带斜阳，与谁吟醉此清凉。

虞美人·无锡梅园赏梅

道闻梅苑春来早，相约天初晓。堪叹夜雨又东风，遗却浮香无
数、曙山中。　佳人撷趣花如海，怎教痴心改。下年枝绿复还来，
为慕霓仙踏雪下瑶台。

吴龙龙

吴龙龙（1965— ），江苏无锡人。经济学博士，文学爱好者。南京审计大学金融学院副教授。著有《消费信贷的消费挤出效应研究》《基于金融系统结构及运行视角的系统性金融风险研究——逻辑和理论层面的探索》等。

赏阳山桃花

和风细雨暗培滋，忽见桃英绽满枝。
朝映虹霓愉目画，夕辞落日醉心诗。
紫涛漫岭呼青浪，粉靥临溪唤柳丝。
天帝或知梅欲去，故差红玉续春姿。

卜算子·锡郊春雨

绵细若纱帷，周野轻缭绕。偶舞纤风拂嫩枝，新绿含珠笑。　朝晓涨花溪，齐岸清波淼。婀娜群芳缀翠堤，沐雨弥娇俏。

菩萨蛮·春日漫步太湖边

具区浩荡边涯渺，浪浮绿渚风吹草。天碧水苍茫，云稀波映光。　岸莺歌茂竹，堤柳青芦簇。迎翠傍湖行，烦忧偕遁形。

江城子·无锡三月泛春潮

梁溪三月泛春潮。雨潇潇。雾轻缭。水镇山村、绿浪卷红涛。天宝物华柔美季，千木翠，百芳娆。　适逢桃汛碧溪高。吻枝梢。映长桥。画舫载歌、青岸喜莺骄。风起卉丛吹浪去，轻舟晃，暗香飘。

谢国方

谢国方（1965—），江苏常州人，居无锡。高级工程师。无锡市诗词协会会员、碧山吟社社员。

贡湖湾

居水贡湖湾，思乡小竹山。
鸥翔孤影去，柳钓片云还。
芳草依长路，危楼眺远关。
归来应有约，岸岸已红颜。

拈花湾

正月连春月，闲过马迹东。
湖湾拈白羽，草屋漏清风。
岭外浮云别，渚边流水逢。
小舟悠自得，独看夕阳空。

长广溪

鸥翔长广出清溪，芳草已深停马蹄。
或为画图携不去，云霞夜宿五湖西。

太湖夕照

湖上轻鸥款款飞，狂风吹散又双依。
归舟未系斜阳柳，满载霞波织锦衣。

水乡居

欲置兰溪水一方，俱抛尘事筑云乡。

径前重植陶潜柳，草上新移杜甫堂。

春雨添愁何必躲，秋风索债不须藏。

芦花湾里舟无系，钓罢归来月满筐。

秋满长广溪

几回回到五湖西，岸岸如烟一水低。

波影亭收风款款，石塘桥望草萋萋。

鸥翔云梦自由度，山抱襟怀长广溪。

更有疏狂藏不住，秋光共与荻花齐。

鹧鸪天·鼋头渚荷花

小径轻扶弱柳风，白鸥拍手一湾中。未成邀约归云翠，已满相思胜日红。　多少梦，几相逢，人生长别水长东。荷花不怨春将尽，独自娉婷夜夜同。

谢　健

谢健（1966—），江苏无锡人。出生于军人家庭。无锡市作家协会会员。

惠麓东大池

惠麓婆娑世外源，碧波蓝湛影如烟。

白沙泉涌功名忆，樟苑仁存碑碣传。

秋尽芦花绒漫漫，冬初炊灶水潺潺。

归安随遇俗心静，翁叟终无名利牵。

刘虹霞

刘虹霞（1967—），女，江苏无锡人。江苏省诗词协会会员，碧山吟社社员。

生查子·杜鹃园

千丛映日辉，灼灼随风曳。浅绿嫩红间，曲洞迂回至。　山空记嫣然，况味盈诗意。月上枕流亭，人在波光里。

卜算子·梅园探梅

织韵蕙兰心，吊古吟骚赋。浅入罗浮觅暗香，雪意千山阻。　何有岁寒枝，唯有春知处。远水微茫欲化烟，不记青青路。

采桑子·三山避暑

湖鸥最识三山好，云接平林。迤逦槐阴，解惜闲房听雨心。　蓬莱旧事无言对，经惯消沉。浅醉而今，待说相思绿水浔。

高阳台·初夏漫步长广溪

翠幕含晴，微波弄暝，楼台影事阑珊。漫步长堤，湖湾一碧如烟。圆盘未识明妃怨，看而今、更自幽妍。意茫然、小立廊桥，遍倚雕栏。　鸥夷起趁归天际，剩濛濛远水，寂寂空山。留伴黄昏，凝眸云向谁边。多情常是清游阻，问何时、略放心闲。又惊回、野草丛中，三两鸥眠。

金缕曲·忍草庵寻迹

一径通幽处。又依稀、松涛响壑，玉泉潜坞。乍听疏钟风中落，惊鸟于飞高树。想此境、桃源轻许。忍草当阶空门寂，恁贯华阁里斜阳度。谁记得，故人否。　销魂最是秋声赋。思曾经、迢迢永夜，挑灯私语。月色如银繁星烁，佳话流芳千古。浑忘却、枫红低舞。
欲寄云笺情难托，怅而今懒把栏杆数。无限意，自吟句。

春风袅娜·鼋头渚暮赏樱花

　　望群山浮霭，照坐青柔，于此际，遣闲忧。恁晴烟漫与，陌
声沉静，暖风如许，莺语清幽。素影重重，香屏空掩，碎剪横塘云
水悠。雪意徒然纵花雨，诗情难了系帘钩。　　千古轮回暗转，三生
旖旎，但缄寄、一叶归舟。梅英馨，柳阴稠。芳菲记省，何故添愁。
淡伫澄波，亦思新月，沁馨明烛，溢满回眸。相看尘海，让平湖
春色，虹桥晚景，长住心头。

惠山中国杜鹃园

包松林

包松林（1967—），江苏无锡人。中华诗词学会会员，江苏省作家协会会员，无锡市诗词协会会员、碧山吟社社员。

西施庄

青螺一点望蒹葭，微别苎萝春细纱。
莫语当年吴越事，蠡湖深处浣云霞。

题惠山寺

九峰叠翠径回萦，银杏摇黄叶再生。
一涧清波邻寄畅，千年古刹伴松鸣。
乍开盛世梵音净，犹绕流泉塔影明。
未见竹炉空水色，谁将玉露润钟声。

长春桥樱花

佳绝鼋头白鹭飞，横云画栋数峰围。
一桥被蕾烟霞瘦，万浪吹崖草木肥。
锦绣团团含翠黛，娇娆绰绰竞芳菲。
薰风嫁得渔帆鼓，翘首花前醉晚晖。

红沙湾

春留熟客一坛酒，风绽南坡半岭樱。
渐染云霞枝笠渚，轻摇苇荡水新茎。
群凫忽跃棹声暖，几帆轻移云影生。
眺远方知飞浪静，凌空始觉眼波横。

沁园春·无锡地铁

吴越交辉，碧水环城，飞驾御风。引澄宜连线，春潮江上；云林如画，高铁邻东。畅达民航，瑶天开泰，盛世图强圆梦中。民生福，看纵横百里，便捷长龙。　当年盾构神工，念十月围城又建功。焕水乡旧迹，梁溪新貌；夏秋漫道，南北车通。百姓欢声，人文低碳，接轨更新百业隆。宏猷绘，守初心致远，时代先锋。

摊破浣溪沙·长广溪湿地

水阔溪长玉带弯，双湖南北接青山。依傍新城楼宇立，共潺潺。　曲岸绿芦雏鸭闹，扁舟青荇野鸥还。还与韶光从四月，倚风闲。

忆江南·巡塘古镇

三面水，夹岸遍蚕桑。黛瓦拱桥留画舫，粉墙层阁接长廊。嫩叶满新筐。

阮郎归·忍草庵

流丹飞黛半山中，夕阳傍几鸿。贯华高阁旧梧桐，哪堪黄叶草丛。　门掩映，月朦胧，九峰接紫穹。中天已过渐西风，披霜卧听松。

任 兰

任兰（1967— ），女，江苏宜兴人。一级建造师。无锡市作家协会会员，无锡市诗词协会副秘书长。著有《梦蝶山庄》等。

夜色西氿

灵珠天坠生西氿，滟滟秋波送晚舟。
慢逐空霜分月浪，残荷照水自清修。

云　湖

淡竹疏桐细细风，斜阳半隐片云中。
何来野鹭声声唤，踏水凌波学断鸿。

宜兴大觉寺

炉香乍爇微尘醒，法界蒙熏静慧生。
佛说弥陀今得示，梵轮转处见光明。

浣溪沙·南堤春晓

原是青阳第一骄。粉红艳白美丰标。浣芳廊外竞夭夭。　灿若朝云烘旭日，跶如微浪动春潮。一堤酣色似醇醪。

菩萨蛮·周新古镇

东曦初照周新里。海棠半醒花犹闭。尺水悄无声。鸣禽隔岸听。　天边弦影缺。檐角纱灯灭。谁楫小舟来。绮窗次第开。

蝶恋花·蠡园

只道蠡园春最爱。雪李云樱，尽是夭夭态。柳岸新莺穿晓籁。桃枝初发更谁待。　枕水南堤行少艾。庐帐铺排，草地如花海。稚子风鸢飞自在。一杯绿酒人慵怠。

薛 华

薛华（1968—），号西青主人，江苏无锡马山人。无锡市诗词协会会员，无锡市作家协会会员。

宝界山怀古

百回泉石绕朱衣，千尺龙鳞掩草扉。
一曲湖山歌浩荡，满船烟水伴人归。

寄畅园八音涧

涧壁含徽昼夜冥，泉流如咽日泠泠。
俚人至此皆倾耳，幽赏从来与世屏。
一曲便须移晷坐，八音谁倩夕阳停。
何时朗月静虚籁，谱向子期琴上听。

龙头渚

漭漭东南望何似，譬如泽国拱其宗。
马蹄踏破帝王脉，颈血溅洇壮士胸。
熨斗犁波游锦鲤，蛤蟆激浪折艨艟。
夜深浑与星河近，隐约谁欤唤蛰龙。

赵亚娟

赵亚娟（1968—），女，字一如，号纫霞楼、止龛，江苏无锡人。无锡市诗词协会副秘书长，碧山吟社社员。

偕筠姨·清智师兄过高子水居步云师韵

爱此湖山复我来，清风邀坐旧亭台。
剩红花影门前落，罨翠云屏波底开。
故苑依然存浩气，高情长共揖深杯。
凭轩怀想当年事，百劫东林何壮哉。

浣溪沙·夜游南长

晚日闲行谁与同，轻分柳影过桥东。长街灯火递微红。　船共酒旗摇夜色，鬟随丝竹竞春风。隔花人面似曾逢。

踏莎行·重九日游惠山拈叶字

三径歌回，九霄雨歇。平林过晓惊飞叶。谁人落帽唤登高，等闲不负清秋节。　菊社堪亲，鸥盟初结。分杯漫共浮云别。听松座下沐晴晖，吟风一掬寒香屑。

踏莎行·晚过十里明珠堤二首

蝶羽留香，灯痕幻彩。三生故梦今犹在。南风引我向蒹葭，往来谁与蒹葭外。　浪击烟亭，裙分柳带。夏虫声里闻清籁。千波虹影照深深，一弯钩月多情态。

故履曾经，新痕依遍。水烟向晚迷天远。浣花亭北柳摇风，红香叠影鸥波卷。　宿约常凭，流光寸剪。津桥回首情何限。月华如水泻春柔，一湖幽碧明深浅。

鹊踏枝·丁酉元辰，游惠山古镇

昨日此街今又过。一岁新添，皆与安排妥。歌共管弦情可可。柳梢已有莺来和。　临水还邀山入座。鬓上风微，占得春婀娜。素履青裙香暗裹。小梅开在琴窗左。

高子水居苑

吕文英

吕文英（1968— ），女，网名竹溪听笛，江苏江阴人。无锡市诗词协会会员，碧山吟社社员。

延陵申港故里

北枕长江水，南依舜过山。
缪公名气在，季子迹形斑。
厚德乡中继，高风世上还。
延陵呈好景，博望耀人间。

神游秦望山二首

寻仙问道与谁同，遥望海天连宇宫。
欲捧灵香登顶看，浮云遮影转迷中。

三茅石径野风乘，杖履清阴霭气升。
秦望山深存圣迹，有心悟道步千层。

江阴鹅山怀古

屹立山头要塞摩，奔腾到此转回波。
临流虹影江湖佩，击石龙吟岁月梭。
古炮台边悲阻绝，新亭阁上忆兵戈。
鸥鸣鹅鼻英雄唤，白发何妨水墨歌。

梅含辛

梅含辛（1968—），江苏无锡人。中学高级教师，国家二级心理咨询师。无锡市诗词协会会员、碧山吟社社员，无锡市国专历史研究会会员。

题无锡市公花园廿四景之天绘秋容

宝刹经行不可寻，亭名天绘绕花阴。
斑斓满圃知秋好，飒爽西风岁晚心。

题无锡市公花园廿四景之枫迳斜阳

最是秋光此处浓，丹黄一径倚霜钟。
天公岂会情怀老，君看斜阳烂漫容。

江阴长泾老街访上官云珠旧居

小巷排门日影稀，虹桥泾水柳依依。
明眸巧笑人曾住，旧恨新愁云已飞。
身世浮沉鸦与雀，迷途抉择是耶非。
彩霞散去无消息，青石街头待梦归。

浣溪沙·己亥年梅园赏花

昨夜东风催岁华，庭中点点玉槎牙，念劬塔下灿云霞。　琴瑟谐和生觉悟，世缘随顺比拈花，劝君惜取眼前他。

南柯子·记洛社老街影剧院旧址

殿宇高高起，瑶阶步步崇。华灯璀璨映霓虹，离合悲欢演绎、瞥惊鸿。　秋草生颓壁，苍颜立晚风。运河烟水淼无穷，早有芳华留驻、梦魂中。

殷继东

殷继东（1968—），江苏无锡人。就职于一汽无锡柴油机厂。碧山吟社会员，无锡市文艺评论家协会会员，无锡戏剧家协会会员。

梅园春早

冰姿疏影岭头开，不畏风寒不染埃。
踏雪寻踪惊岁晚，折枝传讯报春来。

南塘漫步

漫步南塘路，吴音动客情。
枕河青瓦秀，戴月古窑明。
晴柳金莺啭，长街翠袖行。
至贤修水处，千载碧波横。

鼋渚春涛

万浪推涛至此洄，风光旖丽似蓬莱。
青山积翠连云出，碧水铺天入眼来。
奇石勒碑遗古迹，春风拍岸走轻雷。
郭公昔日挥毫处，更喜蓝图已剪裁。

谒访霞客故居

万里山川万里茵，风光无限入帘新。
溪穿水槛娟娟净，竹映青衫处处春。
阅尽波澜归笔底，收罗风月踏江津。
龙行虎步一游圣，四海茫茫硕苦辛。

秋游大潮山

轻车晓雾绕山行，载兴归来笑语盈。
雪浪推波随岸转，松涛回谷赖风鸣。
遗碑石马陈奇景，古刹钟楼送远声。
遥望湖天千百意，渔舟唱晚几多情。

忆江南·蠡湖

蠡湖美，最美是春晴。十里芳薰湖面绿，一番雨润柳梢青。处处啭黄莺。

鼋头渚长春桥

李立中

李立中（1969—），字居庸，号蓼溪居士，越人居吴。无锡市诗词协会副会长，碧山吟社社员。

马山采风

老　屋

老屋号三橧，门前遗橘井。
吾人来访时，独见荒波冷。

战鼓墩

吴越霸图远，湖烟叹渺莽。
蹑履踏空林，似闻战鼓响。

真武行宫

剑井依然在，行宫已式微。
芒鞋循古道，携得白云归。

西青草堂

草堂几废兴，风雅未消歇。
涧木发新华，吟声震林樾。

云居道院

丹熟知几时，碑残已半卧。
寂寂洗心池，花落澄波破。

祥符寺瀹茗步周慧先生韵

入门幽室静，仿佛见高僧。
贝叶书千卷，丛林塔几层。
新茶翻玉液，香饭荐兰蒸。
半日坐莲境，冰怀皎月升。

祥符寺雅聚步西青主人韵

暇日驰车盖，逢缘入梵林。
远公飞锡去，尘海渡杯深。
莲座瞻龙浴，篁轩聆凤吟。
偶过芸阁下，汲汲尽书淫。

滨湖分组活动小蓬莱诗群成立有贺

座中多是谪仙才，香茗频延远客来。
风遣青痕垂碧柳，莺呼春韵到红梅。
词坛此日分三鼎，笔阵相期动九垓。
淼淼湖波堪极目，吟怀自有小蓬莱。

高 红

高红（1969—），女，福建厦门人，定居无锡。中华诗词学会会员，中国楹联学会会员，梁章钜楹联文化院研究员。

走进山联村

山联秋色久闻名，菊海连天傍岸行。
雀跃枝头移树影，鱼游石隙乱泉声。
四围瑞气堪消虑，无限生机未费耕。
处处回头犹不舍，此间疑是小蓬瀛。

记巡塘古镇游

微云弄雨透清凉，湿滑莓苔道两旁。
转角蔷薇连小径，绕檐修竹接回廊。
更无人处闻泉咽，任我闲时品茗香。
未觉灯明天色暗，落花犹在水中央。

显云寺

重叠祥云佑八方，将军忠义几曾忘。
楼台久伫经风雨，竹牖轻开历暖凉。
午后蝉鸣僧入定，花间蝶舞手含香。
尘嚣隔在疏篱外，清净无求闹市藏。

浣溪沙·蠡湖火烧云

向晚蠡湖隐夕阳。蓼花深处鹧鸪藏。天边孰料发红光。　误火烧云添绮丽，惊风掠水递清凉。众人恍惚讶仙乡。

家山好·游长广溪湿地公园

石塘桥畔鸟翱翔，微风惬，步长廊。绵延湿地花如锦，溢芬芳。任由蝶，舞轻狂。　　蠡湖飘渺扁舟隐，五里筑天堂。山横笔架，凭谁泼墨写华章。何妨醉一场。

朱志军

朱志军（1969—），号义安，安徽霍邱人，居无锡。无锡市诗词协会会员、碧山吟社社员。

望江南·无锡美

无锡美，惠麓五湖烟。百鸟交飞千里浪，二泉流翠九龙涎。真个好江山。

摊破浣溪沙·春日游蠡湖

四月江南晓雾霏，溪桥翠满锦鳞肥。烟雨楼台盈古韵，胜浓醅。　　临水千帆天际远，登山万壑彩云飞。意隔仙凡风漾漾，不思归。

韩大远

韩大远（1969—），江苏盱眙人。当过兵，教过书。无锡市诗词协会会员、碧山吟社社员。

癸卯年初吴文化公园扩改新凿惠同池喜赋

昔日吴园少问津，有山无水不传神。
开源凿得同池后，未借东风满眼春。

游前洲青城书院公园

幽庭坐落锡城西，不是名区亦自奇。
几朵闲云分厚薄，一湾清水映参差。
澄怀可以登经阁，释卷犹堪对竹篱。
雅境和融人易静，书香社会好求知。

谒西漳蚕种场旧址有感

画桥烟雨倒流光，似见罗敷执素筐。
青椹尚存西子涩，绿枝犹唱道婆黄。
千年旧业成遗史，几簇新丝忆采桑。
良苑唯余游乐事，晨昏健美舞蚕娘。

春雨堰桥

吴园静谧少行人，嘀嗒连宵洗旧尘。
小巷唯堪撑纸伞，空山或许现芒神。
沿河老柳思回翠，占径红梅欲报春。
莫道迷朦难醒目，悠然白鹭出青筠。

秋游鼋头渚

万木萧疏失翠微，澄明境界久相违。
湖心浅黛横波出，天际长云逐雁飞。
昏眼难能开有限，孤帆直欲尽余晖。
何忧水縠圈红日，击破涟漪自解围。

西江月·初冬游锡北斗山

漫舞留枝老叶，偶飞带角乌鸦。冈岚避我褪轻纱，更见江山如画。　贯岭长虹卧道，通天翠竹连茶。休因冬冷早回家，只算秋风较大。

太湖风光

杨满平

杨满平（1969—），笔名沣原，江苏宜兴人。正高级经济师。曾获无锡市五一劳动奖章和宜兴市杰出贡献企业家称号。

浣溪沙·过牧之水榭

碧树高低绿几重，荷钱聚散小桥东，半阴摇动数杉松。 斗紫芳菲春事老，筑庐水榭盛名空，烟湖依旧满薰风。

鹧鸪天·凰川

错落青峦抱谷沉，黄梅烟雨竹林深。无边翠色轻能挹，不尽山泉自在吟。 吸富氧，洗尘心。皮囊身外梦魂寻。桃源坐忘何方似，此处淹留值万金。

鹧鸪天·龙山暮春

岭上高乔藏雀鸦，舍前柳絮作飞花。数场足雨催新笋，一勺山泉试嫩茶。 惜晚景，品灵芽。紫藤又见绕枝桠。奈何红落春归去，结子桃英傍酒家。

邹明霞

邹明霞（1969—），女，江苏无锡人。无锡市诗词协会会员、碧山吟社社员，锡山区楹联学会理事。

伯渎河主题公园

人间薄游罢，归兴忽飞禽。
荷举看无尽，花香拟可寻。
岚光天际远，云影水中侵。
伯渎三千载，清风长自吟。

严家桥采访

曲水萦纤绕此家，百年遗迹有绫纱。
但看老屋展天宝，不改初心唱物华。
席上论诗何必酒，座中赏字只须茶。
却闻演义兴亡事，听唱开篇趁夕霞。

村前村

坐对村前河野塘，百年旧梦韵流长。
曾经夜读通明烛，更是著书传玉堂。
曲径紫薇秋露重，深秋闾巷桂花香。
莫惊一族出三杰，胡氏门庭多骏良。

慧海湾

红霞未赏莫思归，震泽湖边走一围。
蝶恋黄花多写意，鹭惊远榭每停飞。
流光处处逐红粉，晓色时时裁绿衣。
慧海拈来神手笔，凡人如我不知机。

一剪梅·雪浪山

借得闲时玉笛风。长看芳丛，蝶觅香踪。微云一抹入天宫。千盏金黄，万点新红。　倏忽流光暮色浓。雪浪山中，泉水叮咚。青松最是立从容。回望身姿，渐已烟笼。

雪浪山

林 凡

　　林凡（1969—），生于福州，居无锡。高级工程师。江苏省"333高层次人才培养工程"第三层次培养人才。无锡市诗词协会会员。

蠡园湖畔桃花

曲岸桃千树，芳云谁剪裁。
一枝春烂漫，十里燕徘徊。
欲逐清波杳，翻招乱蝶来。
葬花人不见，零落任沉埃。

惠山观菊展时阴雨初歇

秋阴逢菊会，篱畔万枝开。
雨歇珠凝萼，香浮气近梅。
游蜂衔蜜散，幽客觅诗来。
独爱山蹊窅，寒花出乱苔。

春申涧溯溪

溯流扶杖欲何之，拟共黄公濯一池。
眼看群童超我过，当年叔亦弄潮儿。

秦园绿阴

横街望眼尽芳林，信步秦园嘉树阴。
影覆春潭千载木，水穿幽涧八音琴。
槛中空羡游鱼乐，雨后方知翠叶深。
小座风来樟樾下，清茶一盏久沉吟。

翻书偶见锡惠公园菊展旧门票

夜翻旧书，见曩昔菊票存根，历四十余年，物色如新，而前事皆忘矣

四十余年旧票根，诗书一卷蔽前尘。
中宵忆往浑成梦，倦眼看花总不真。
惭我恣心仍赤子，疑他玩伴究何人。
归来犹是东篱客，闲坐林泉剩此身。

好事近·惠山泉

胜地出龙涎，嘉誉几曾湮没。故井松亭题刻，伴泉流鬐发。　　夜寒螭首泻清沚，漪澜映孤月。池畔畸人去远，剩琴音寞兀。

蠡园四季亭

毛明强

毛明强（1970—），江苏无锡人。民盟盟员。中华诗词学会会员，无锡市诗词协会副会长、碧山吟社副社长，无锡市书画院特聘画家。

咏碧山吟社

九峰诗韵碧于天，吟尽江南五色笺。
我笑春风原未老，年年好句绿如烟。

惠山杜鹃园

子规声里漫红烟，欲驻春风开杜鹃。
望帝空余啼血恨，此园花发最堪怜。

梅雨诸友访江南兰苑归作

园开云壑深，未许俗尘侵。
摇竹依依影，滋兰缕缕心。
径幽迷滴绿，涧曲奏飞音。
高洁思风馥，清芬属古今。

过忍草庵

晓雾渐开尘外林，为寻旧迹上崟岌。
贾华阁外松风冷，忍草庵边草径深。
把臂荒阶随月影，抽梯曲槛结兰襟。
今朝门锁千重碧，何日登楼自在吟。

云蔼园

径穿闹市赴云蔼，门里烟萝引我过。
水动客心惊窅窅，堂延珠履耸峨峨。
倚窗蕉竹闲吟草，叠石垣墉乐隐窝。
不觉杯茶啜霞晚，此园何日任消磨。

二泉书院

超然堂上画图真，列岫为屏禅结邻。
碑记披书思进德，石传点易欲明伦。
引瓯汤沸山中月，养性云移心底尘。
自在林间惟鸟语，闭门弦诵已无人。

过伯渎河

碧水三千淙潏过，光阴不觉付流波。
鸟啼柳岸惊飞影，门闭街声寻烂柯。
十里篷篙曾棹月，百间乌巷自鸣珂。
幽探最是桥边客，诗兴相携踏细莎。

冬日访徐霞客故居

老屋数椽遗旧踪，村行空寂沐霜浓。
山川遍踏王乔屦，笔墨时开霞客胸。
船发桥头留胜水，树栽门外仰罗松。
晴山铭尽远游志，笑认梅花高士容。

胡 群

胡群（1970—），女，笔名琴韵书芳，江苏无锡人。无锡市诗词协会会员。

荡口古镇访会通馆

小桥扁棹屋檐旁，孝义之风绕水长。
众口千年传虑得，何奇世代蕴贤良。

谒泰伯庙

谒归古镇让王庙，仙鹤云龙巧饰雕。
伯渎河长接今古，紫烟缭绕伴年韶。

张晓晴

张晓晴（1970—），女，江苏南京人，居无锡。小学英语老师。无锡市诗词协会会员、碧山吟社社员。

与友人管社山庄赏荷

细细荷香逐波远，田田莲叶向人来。
清涟当合留花影，眼底何曾惹积埃。

春日聚红沙湾

吴王昔日葬身处，我辈今朝复又临。
万里长空云暧暧，无边古木树阴阴。
峰回浪涌迎湖燕，渚碧花红洗客心。
妙语锦言同把盏，还期重聚赏新吟。

李 娟

李娟（1970—），女，江苏无锡人。教育工作者。中国楹联学会会员，江苏省楹联研究会理事，无锡市民间文艺家协会楹联专委会秘书长。

龙头渚寻龙

雨水携春返，仙山琼阁幽。
石楼因雾隐，花影带烟浮。
野鸭惊潜匿，蛤蟆忙避游。
波心方皱绿，倏忽现龙头。

访云蔼园

杏雨系飞梭，四时相协和。
玲珑楼阁映，瘦漏石峦多。
一曲题红叶，双龙戏碧波。
何方堪大隐，安乐独云蔼。

题管社山庄

木栈作桥游客频，往还云水自相亲。
三湖栉濯青螺髻，八景嬉开锦鲤唇。
荷风煮茗堪清虑，古意盈怀难具陈。
且看苍松荫桑梓，更留诗冢养冲真。

访天上村前村

地灵人杰古村前，风起学堂文事先。
骑马粉墙诗补壁，培桃大族业临巅。
南书房内香芸帙，会客厅中聚硕贤。
蝶变瑶阶已排就，归田泽水为春延。

邵惠君

邵惠君（1970—），女，江苏无锡人。荆溪诗社社员，江苏省诗词协会会员，无锡市作家协会会员，荆溪诗社理事，《荆溪诗联》编委。

乌峰岭前

四围竹翠鸟鸣涧，行走但无车马喧。
一岛方言何处问，乌峰岭道可寻源。

游水墨田园

高阁若仙阙，宏门面水开。
翔鸥天际至，贵客每时来。
垒石堆奇岛，斜阳照露台。
荷塘烟缥缈，入望几徘徊。

徐氏义庄雪景

腊冬数九劲寒来，古宅徐门吹半开。
玉屑御风离阆苑，琼花应季下瑶台。
舞于庭院三更素，飞向檐头一夜皑。
日出东方光耀眼，迎新瑞雪去尘埃。

鹧鸪天·过归径桥

一众徐行归径村，古桥日照扫轻尘。故人别久生情思，游子愁多入梦魂。　青石巷，旧家门。曾经繁盛了无痕。迎头老妇高声道，旧貌修新三月春。

胡 明

胡明（1970—），网名胡否，江苏无锡堰桥人。无锡市诗词协会会员。

巡塘古镇

老门青瓦说曾经，欲走还留桥畔停。
河淌光阴橹声失，前尘如水梦如萍。

访惠山寺

朵朵金莲聆梵声，山间泉水洗尘缨。
禅钟一击显心月，直透虚空照我行。

南禅寺

千年禅寺千年月，梦里钟声伴纸鸢。
花落花开空望塔，留连只为忆从前。

游荡口古镇

北仓河水穿街巷，老院旧墙多大家。
耕读桥头言岁月，鹅真荡里跃鱼虾。
客来常醉江南曲，馋起还寻豆腐花。
行倦茶楼窗畔坐，观听隔岸拨琵琶。

登惠山远望

登高向上不踌躇，天阔心开景满途。
习习晨风春水绿，喳喳林鸟日轮朱。
山浮玉气云舒卷，塔射龙光锡有无。
遥望太湖酣兴起，约时会饮到姑苏。

吴立群

吴立群（1971— ），江苏无锡人。大学中文系毕业，长期从事新闻、机关公文写作，业余时间喜好诗词、散文。

闻溧阳蒋君从蠡湖畔出发赴江阴，时风雨感而作。

相别朔风晚，相望梅雨稠。
烟汀迷暮宿，桥路瞰晨流。
千古浪涛尽，一朝经纬悠。
夜凉诸友散，风雨入词讴。

蠡湖宝界双虹

周瑞芳

周瑞芳（1971—），女，网名叶鱼，曾用网名叶飘零，江苏无锡人。无锡市诗词协会会员、碧山吟社社员。

洛社大桥

驻足长桥眼豁然，漫将新貌比从前。
纤夫道入平堤直，雁齿阶成斗拱悬。
高架垂虹行过客，中流涌浪走航船。
几番更化一回首，于我悠悠五十年。

南柯子·洛社火车站

藓驳残钟壁，蛛蒙锈锁窗。画墙围隔掩空荒。不道百年经历几辉煌。　旅梦浮犹在，尘缘尽未忘。沪宁线引列车长。喷礴一声声底旧时光。

南柯子·洛社影剧院旧址

不尽长流水，无涯漫卷云。乏绳终必走羲轮。枉自锈斑侵蚀栅栏门。　矗柱回身倚，条阶顾步循。一场歌哭又前尘。某日晚风柔抚少年人。

南柯子·洛社影剧弄

巷僻人行少，楼空影幻虚。已休心念拾程途。况是界墙横隔阻透纤。　不意砧前井，何由火上炉。客眸凝绝梦回初。杂杳一晨喧响叠成图。

南柯子·洛社西沿河老屋

闹市迁尘屣，长街下尾梢。运河堤岸筑墙高。可奈锈窗苔砌付寥萧。 北向风无歇，东流水自涛。忆中韶景怎勾描。却是腻人鹦鹉试新巢。

南柯子·龙门石

落落千年梦，空空一尺坪。幸焉缘否此浮名。不过等闲沦没在愁城。 雁齿晨霜满，蛟流夜月明。棹歌帆影忆前生。故事迩来谁说更谁听。

苏幕遮·初夏入雪浪山欲登蒋子阁

拾莎阶，循竹径。指点行途，欲上横山顶。十级一回开一景，秀异幽深，佳致堪清咏。 木楼遥，云阁迥。去路何期，险峭前头更。足力怜吾难自逞，只道无妨，且效山阴兴。

欧美琴

欧美琴（1971—），女，江苏宜兴人。语文教师，副教授。江苏省诗词协会会员，江苏省楹联研究会会员，荆溪诗社理事，无锡市作家协会会员。

清平乐·芙蓉山庄

总难觅处，毕竟桃源路。雨后芙蓉开绮户，脉脉群芳争妒。 松涛净洗烦襟，峰岚堪息尘心。最羡山前银杏，坐听千载清吟。

丁 豪

丁豪（1971—），号杨锡山人、思逸堂主，江苏无锡人。江苏省诗词协会会员，无锡市诗词协会会员，无锡市金融书法家协会主席。

三里桥米市

谁见当年三里桥，沐风吹雨泊舟潮。

米脂薰过青山外，悄立无闻入梦遥。

惠山金莲桥

君伴苍山春与秋，石墀三孔卧池流。

借来阿母花千座，也听禅音夕照楼。

陆定一祖居

陆老仰高名，春深访祖行。

红星燎远播，恶草铲狂生。

战笔千军得，传文四海盈。

德仁珠玉地，花发馥新城。

满庭芳·莲蓉桥

霭霭闲云，濛濛极浦，潋滟秋水芳荷。舳舻千里，樯橹乱如梭。米白流脂运处，还可见、山叠丝罗。曾闻得、旌翻万井，廛市讵知多。 流光，看逝水、徘徊羁客，依旧清波。只双岸星桥，几点渔蓑。抬眼女墙月影，侵晓梦、一醉南柯。如今也，蓉湖尚问，诗罢欲如何。

八声甘州·蠡湖高子居

望漫漫一水抹湖山，凭阑向秋光。渐薄纱聚散，汀州明灭，天迥鸥翔。记得蠡公舟泛,几度叙衷肠。随问湖中月,不尽思量。　想也卜邻高子,愿曲堤围岸,楼筑斜阳。可养心观物,桃柳换春芳。却无缘、坐听经纬,任人闻、聒雀误悲凉。君还见、正商风里,屈子沉江。

解语花·拈花湾禅意小镇

凡尘洗尽,世虑空清,须访灵山境。暮春小艇,花茵处、琼岛五湖芳景。苍苔水净,远见那、素袍持柄。终不如、孤客沉香,冰簟人间静。　烟笼溪月寒井。叹虹霓吹雾,苦庐幻影。又闻禅磬,似微言、五蕴空相方醒。浮屠望迥,可揽得,星河耿耿。如此般,一笑拈花,无住明心性。

拈花湾

马朝军

马朝军（1971—），湖北公安人。1993年高校毕业后分配至江苏无锡工作至今。无锡市诗词协会会员、碧山吟社社员。

梅梁湖寻幽

波影泛银光，辉如瓦浸霜。
初闻荷露出，却望柳湾长。
雾海浮仙岛，秋风没帝乡。
争锋吴越事，千古话梅梁。

题拈花湾

妙音沃洒太湖边，梵海拈花聚佛缘。
晓日偎云山染色，和风掠影水含烟。
一街香满修禅语，五谷梅开伴月泉。
桂宇虚窗迎雅客，八方俊侣醉诗篇。

阖闾城遗址怀古

间江曲水草丛莺，畔柳幽峰匿古城。
翠幕微舒新绿染，苍崖峭耸暗苔生。
挥戈槜李伤王驾，败越夫椒遣甲兵。
霸业空存遗迹在，流闻轶事任风评。

伯渎河怀古

伯渎芳痕岁月侵，余香泽润到如今。
得蒙圣祖蛮荒垦，始有名邦上客临。
让位行藏诚立德，齐民教化竟归心。
尔来世代兴亡史，千古高风勒石吟。

沁园春·马迹山

　　云破涛惊，虎踞龙盘，冠嶂嵯峨。望紫霄星汉，疏离寥落，青峰芳野，婉转陂陀。雨润梅枝，风苏柳色，古柏千年犹舞娑。斜阳外，有徊飞行雁，名刹烟萝。　孤帆渺渺长河，挽一棹风情诉笠蓑。想雄才光武，姚期枉戮，始皇神勇，奋马扬波。伍子挥戈，越人隐渡，来往英豪竞慨歌。追心旅，看浮云旦夕，旧事樵柯。

十八湾湿地

李晓军

李晓军（1972—），女，笔名大梦无回，江苏无锡人。作品散见于《中华诗词》《无锡诗词》等。

渔歌子·惠山大桥上见轻轨驰过瞬间

左路霓灯掠水明。并肩余影鹭频惊。　才小聚，又长行。垂杨更送汽笛声。

浣溪沙·白水试泉（题城中公园一景）

山雀山花几送迎，云舒云卷任生平。潺潺流却未尝名。　羽士来前甘已久，红羊劫后水还澄。一瓢万古涤尘轻。

踏莎行·访西漳公园蚕桑体验馆有感

叶底梅章，池傍蛙话。都言农事宜桑柘。今朝谁复饲新蚕，梦成听共蚕沙下。　陌上罗敷，园中阿驰。千年空忆躬桑罢。江南一岁一回春，蚕娘白首留谁画。

踏莎行·题尚田玫瑰园

花压琼盘，枝连云杪。春风破蕾和秋老。锦呈十样本同根，浓妆素裹争颦笑。　杨絮飞空，桃红辞了。花潮又接云宾到。霓裳十里为倾城，可怜花好比人姣。

临江仙·三国城观小乔汉舞

一曲南风随舞起，回眸笑折纤腰。缓歌轻拍翠钿飘。旋裙如散雪，翘袖蹑飞猱。　莫问吴王宫里事，谩悲瑜亮魂消。千年未锁看春娇。绕梁余韵在，今古有神交。

张丽娟

张丽娟（1972— ），女，江苏无锡人。现任教于江苏省锡山高级中学。中学正高级教师、语文特级教师，中华诗词学会会员，无锡市诗词协会会员。

鼋头渚

太湖佳绝处，清夏我来游。
禽鸟啼幽树，菖蒲亮醉眸。
登楼楚天迥，临渚越风柔。
闲倚苍苔上，烟波觅钓舟。

阳山桃缘山庄

凡尘拘束久，偷暇访桃源。
粉锦织林艳，青毡绣野繁。
鸡鸣花下草，犬吠墅边村。
属酒山人醉，问津迷旧痕。

蠡　园

江南多胜地，趁雨访名园。
荷粉千茎伞，珠圆万叶痕。
径幽盘石兀，水动跳鱼繁。
仙侣泛舟逝，临轩慕旧魂。

访荣氏梅园花溪

冬岁访清苑，荣家梅未开。
鸟啼高树暗，鱼戏碧波回。
花径水氤郁，溪桥人依偎。
殷勤布芳意，不为令名来。

徐惠洁

徐惠洁（1972— ），女，网名烟萝子，江苏无锡人。著有《赋清秋》。

访江阴长泾上官云珠故居

东舜明星百口传，绝尘温丽感三千。
做人清白流言寂，演戏沉迷舞凤翩。
南岛立功经骤雨，天堂说梦断琴弦。
空留倩影思难在，忍把绵长尽化烟。

咏太湖水乡

毗连翡翠映苍穹，苇戏鱼龙菱角丛。
北往南来过远客，风流云聚啸飞鸿。
手边云起何时雨，笔下波生不待风。
水域一方盛美玉，太湖万顷亦朝东。

长相思·太湖美

惠山旁，锡山旁，摇橹清风入画忙。鼋头鸥鹭翔。 韵梅香，
蜜桃香，更慕菱红碧水长。云蒸五色光。

菊花新·瞻仰泰伯墓

雨润江南松照影。重义王墩千秋劲。凝立石牌坊，长相守、月
池波咏。 鸿山风云真何幸。治勾吴、昔年贤圣。三让两家亲，凭
细说、德辉驰骋。

鹧鸪天·东坡与惠泉

万壑松风寄彩笺，龙团携月谒峰巅。素怀阙霭行千里，一步漪
澜过五年。 霜满面，月盈弦，东坡愿老水中天。平生功业烟云散，
犹念榔庵通惠泉。

蝶恋花·秦观墓感怀

萧瑟寒山烟雾浅，今又登临、一抹微云远。衰草无边黄叶卷，水流花落谁人管。　竹语微闻风影伴，学士难逢、遗恨惟长叹。淡酒三杯诗冢暖，等君来世还青眼。

孟 霁

孟霁（1974—），女，江苏常州人。1996年到无锡工作。梅里诗社社员。

观唐平湖荷花有怀

风摇菡萏乱清波，净碧娇红韵自和。
踏遍溪桥思旧约，一湖烟雨晚凉多。

一丛花·金匮公园秋晚

秋深树色郁青苍。空碧映天光。平波野荇闲鸥鹭，泊虚舟、桂棹遮藏。信步栈桥，残荷红蓼，葭苇现新黄。　风来縠皱满池塘。襟袖觉微凉。便寻幽径南山去，石砌斜、木叶经霜。点点寒花，芳姿烂漫，似笑胜游忙。

唐剑峰

唐剑峰（1973—），笔名一剑霜寒，江苏无锡洛社人。中国散文学会会员，中国诗赋学会会员，无锡市诗词协会副会长，碧山吟社社员。著有《联袂集》。

庚子十月廿八游惠山一组

寺塘泾

秋色萦怀锡惠峰，梦中林壑总相逢。
偷闲半是为红叶，访胜无须循旧踪。

上河塘

溪口龙船长系缆，泾边鳞次列茶棚。
清澜一带通泉脉，祠宇掩关三五楹。

溪山第一楼

木叶暗凋萧瑟秋，溪山揽袂此登楼。
园林旷代几移主，佳话湮沦作浪沤。

九号别院

古藤苍石谁曾主，新葺门头别有天。
檐隙秋光任凝望，清茶一盏待烹煎。

秦　园

吹遍西风树转丹，个中风物遣怀宽。
流黄染绛连云色，并入湖心仔细看。

二泉书院

招提园囿紧相邻，蕉叶泉声最可亲。
一角研池涵静气，频年风雨老松鳞。

惠山寺银杏

时过已负花间约，山色还如薜荔秋。
抬眼惊呼银杏色，漫天黄叶寄悠悠。

听松石

契阔松声与涧泉，块然幽卧自年年。
可人时复属黄叶，谁倚秋风作美篇。

华孝子祠

连墙薜荔犹青碧，一树枫红祠馆前。
螭首无言唯吐纳，松楸声里忆高贤。

天下第二泉

荷尽池鱼戏清浅，秋深依旧漱流泉。
幽寻细辨赵松雪，掬饮还思玉局仙。

王 渊

王渊（1973—），江苏无锡人。民盟盟员。中学语文高级教师。无锡市诗词协会会员、碧山吟社社员。

过管社山庄

夏日绿山庄，闲来兴水乡。
芙蓉池上小，薜荔苑前长。
点点湖鸥远，双双野蝶忙。
人心明素志，自在乐清凉。

犊山晚眺

日暮青山远，湖东水色寒。
苍烟依叠翠，白浪映流丹。
落照凫鸥起，征帆雁鹜盘。
亭前回望处，树影覆渔竿。

暮过宜兴大觉寺

胜景留西渚，云霞照半湖。
两山连古寺，一径绕浮图。
别院茶烟断，重楼竹影孤。
大师心永在，海客寄明珠。

过无锡县解放会师地

十万雄狮至会师，而今刻石树丰碑。
庭前白鹭飞田畔，阶下黄花映水湄。
父老家山方欲报，英雄故里且遥思。
烽烟永去平安久，史册光辉日月知。

武陵春·游慕蠡洞

飞瀑林泉桃意境，洞里径深寒。石笋凭肩折翠竿，入水钓花斑。　九曲龙宫华彩妙，玉女照朱颜。借得溪旁一块田，耕读乐清闲。

行香子·雨过惠山古镇

曲水林亭，疏雨园池，见泉流石岸花溪。青砖淡影，小院风姿，恰松间心，竹上泪，柳边眉。　橹声欸乃，禅钟缥缈，识清风转语家祠。先贤陈迹，高士才思。念李公诗，薛公曲，范公词。

熊为水

熊为水（1973—），字沧海，安徽和县人，居无锡。诗词爱好者。

即事题九龙山

时从天阙九龙惊，口吐烟霞自灭明。
今日苍颜高枕卧，只缘无令一身轻。

青玉案·癸卯中秋鼋头渚赏烟火

中秋隐月横云处，论佳绝，鼋头渚。光转银花千火树。桂香十里，霓虹飞注。如织游人顾。　五湖烟火于今暮，霹雳星流圣朝露。道育和光吴越度。九州同此，大千同慕。过后姮娥痦。

邹 萍

邹萍（1973—），女，网名墨隐，江苏无锡人。在无锡市人大工作。无锡市诗词协会会员。

过惠山隧道

风生石洞开，云气绕云台。
碧玉梯梁上，烟霏化雨来。

阖闾城下

暖霭清波白鸟飞，夕光天外远山微。
车随路转不知处，倚看峰前秋月归。

闾江口观烟涛

云涛卷地隐轻雷，倚向长天一剑开。
白鸟斜晖烟漠漠，隔江风到越王台。

菩萨蛮·记昨登惠山

镜天涵碧开霞色，月痕惜影依山白。梦蝶几曾疑，入山云霭迷。
鹧鸪声数叠。催发在林樾。飞鸟欲何归。湖烟淡入微。

南歌子·初春过闾江口

远岫青浮霭，寒波静望阳。烟空沙鹭起苍茫。邈渺斜晖云海，谁挽流光。　芳草年年碧，江流日夜泷。当年花叶总萦肠。梅蕊不知何事，又映篱墙。

肖芳珠

肖芳珠（1974—），女，籍贯福建，现居无锡。周宁市作家协会会员，福建省诗词学会会员，福建省楹联学会会员，天津市《红楼梦》研究会会员。

十年后重访梅园

曾卧幽台疏影斜，风来衣袂落烟霞。
十年霜色我非我，一径寒香花复花。

花朝节鼋头渚赏樱一路所见

油菜铺金桃缩霞，粉樱开到水之涯。
人间共赴春风约，看尽江南十万花。

夏日雨中游宜兴竹海

何方消暑热，竹海久倾心。
携雨听天籁，拾阶惊野禽。
鬓边新绿涨，眉底湛凉侵。
信步闲云引，清风别满襟。

夜游南禅

乘兴南禅夜色邀，琼楼玉塔接重霄。
琉璃街市今融古，潋滟运河舟泊桥。
看尽三更吴邑韵，听柔一曲水乡谣。
回眸灯火还依旧，檐月柳风归寂寥。

踏莎行·春游斗山一路所见

点点新芽，青青芳草。一坡油菜蜂飞早。紫荆初绽海棠深，去年花似今年好。　春色曾违，晴光重校。约来不定因纷扰。恍然踏遍旧烟尘，如风游弋如云渺。

张春涛

张春涛（1974— ），江苏无锡人。从事保险行业。无锡市诗词协会理事。

谒倪云林先生祠

无沾世俗尘，闭阁读书淳。
简淡湖山逸，枯寒木石神。
变迁家国梦，漂泊鹭鸥邻。
已别倪迂久，孤高孰可臻。

保安寺怀古

高楼环抱里，香火自南朝。
传道东林日，温书伯渎宵。
殿遗经劫数，杏老拒萧条。
拂拭碑头读，应怜盛况遥。

大窑路窑群遗址凭吊

下塘十里夜天红，正续秦砖汉瓦丰。
泥历暑寒坯始韧，身经水火色方融。
城台筑起山般稳，脊顶覆来鳞样工。
六百年间三百座，如今一二说穷通。

踏莎行·秦观墓

笠泽涛生，茅峰云渡，谒贤攀尽林泉路。坊亭环绕野藤萋，磬钟惊起寒鸦暮。　江海萍踪，虎牛笔赋，空山千载谁相顾。踵行三隐避桃源，人间遂绝伤心句。

踏莎行·龙寺生态园

三面青山，一泓碧水，松罗竹幕飞尘蔽。枝头花果踵时来，藻间漂饵垂竿俟。　龙寺深藏，将峰高峙，鼓鼙息落钟铛起。不期千载色空皈，能赊半日田园寄。

踏莎行·笠渚红沙湾

马迹西凭，洞庭南顾，烟涛吞吐孤崖偃。樱云舒卷一春风，橘灯明灭三秋雨。　奇石诗题，红沙画诩，蕂鸥渔棹随朝暮。这般山水似佳人，相逢莞尔清茶叙。

踏莎行·鸥鹭岛

一泽晶蓝，两堤翠绿，漫滩鸥鹭飞还复。乘风浪际各翻旋，扑天林底相梳沐。　朔漠南迁，沧溟北逐，千山万水来休足。治污正续渤祠功，退渔不废朱经录。

蒋葳

蒋葳（1975— ），女，江苏无锡人。高中教师。无锡市诗词协会会员。

减字木兰花·游太湖

碧螺微泛，极目五湖烟水淡。风起浮香，似有花开袭薄裳。　吴音如糯，忆昔相思曾说过。几味人生，且品冰糖莲子羹。

马 征

马征（1975—），网名碧水秋泓，江苏宜兴人。荆溪诗社、承社、金陵诗社、碧山吟社等诗社社员。天津市诗词学会会员。

雪夜过宜兴云溪

幂湖云淡月，寒鸟立沙汀。
霜掩芦花白，舟连潭影青。
倚栏频试酒，阅世感飘萍。
大泽龙蛇睡，微吟谁与听。

过宜兴太华一线天

乾元名寂寂，幽谷未相闻。
禅道两心悟，仙凡一线分。
危崖飞白练，玄鸟振闲云。
煮石邀林鹤，听泉与论文。

夏日过芙蓉岭漫题

别鹤出云际，萧然太古心。
松岩轻饮露，海气下遥岑。
香细愁风溽，尘移觉梦深。
苔青因础润，乃可辨朝阴。

咏无锡太湖石

苔碧玲珑透，餐霞听绮琴。
一痕盈雪气，万古濯灵心。
桑海浮虚梦，珠玑浣素襟。
为寻松竹友，抱朴返云林。

中秋过东坡阁

葛衣蜡屐一枝安，香冷疏篱倚石阑。
峰削芙蓉猿未渡，樽开桑落夜初寒。
溪山月上千湖净，斯世楼空独立难。
长喟买田佳绝处，清秋万里待谁看。

林海波

　　林海波（1975—），笔名兔波，陕西汉中人。1995 年到无锡轻工大学（今江南大学）求学，毕业后定居无锡，从事化工相关技术工作。无锡市诗词协会会员。

充山秋兴

西陆长飚动五湖，潇潇玉露洒三吴。
充山缥缈飞青鸟，震泽氤氲匿白凫。
一笔秋风添墨色，半窗烟雨入丹图。
依轩远眺乾坤景，浑沌天成翠碧壶。

鹧鸪天·高子水居秋游

　　水秀山明林隐楼，浴凫飞鹭日悠悠。暗蛩径转青荷瘦，池泛莲香白露秋。　高子去，水居留。意兴五可素商游。暮蝉歌尽趋风拜，银汉无声带月流。

承 洁

承洁（1975—），女，江苏江阴人。街道史志办编辑。江苏省诗词协会会员，江阴市诗词协会理事。

青旸古运河即景

参差台阁倚苍茫，凝秀桥迎翰墨香。
休叹潮头千棹绝，清波尤送水云长。

题胜水桥

凿石悠悠波上横，催舟一叶向千城。
相看多少男儿立，岁岁桥头送棹行。

吴笔纬

吴笔纬（1976—），江苏无锡人。碧山吟社社员，锡山区楹联学会秘书长。

癸卯初春谒泰伯庙

松柏青葱饶古风，庄严香火颂鸿丰。
瑶琴常奏升平乐，应溯千秋三让功。

严家桥访记

三地一村千顷田，秋高携友续诗缘。
廊桥百载听风雨，溪井双清育世贤。
桑梓故人来复往，梦华幽境续相连。
绵绵锡韵乡情近，又起新声唱好篇。

徐 龙

徐龙（1976—），江苏无锡人。教育工作者，无锡市诗词协会会长，碧山吟社社长。

鹅湖徒步

春深碧水暖，波映白云飞。
一岸何迢递，行歌忆浴沂。
湖风叠禽语，花瀑泻人衣。
平昔厌机事，悠悠暮不归。

太湖春涨

浩然势接海之头，烟水无心足自由。
沓浪压堤晴雪涌，暖云蒸日翠峰浮。
翻飞沙鹭闲装缀，零落樱花任转流。
更指苍茫天际外，长风曾送一扁舟。

龙山九峰

一柱句吴名迤逦，嵯峨影扫万人家。
云泉早有山僧占，石碣何须御笔夸。
青补蓬窗春不足，风连霄汉帽频斜。
尚能野客临高顶，清啸或邀天上槎。

锡山晴云

渌水波环城外峰，氤氲如盖碧重重。
无妨一霎幻苍狗，依旧千年卧蛰龙。
角化插天危塔立，气滋锁径古苔浓。
忽衔夕照影浮动，疑欲飞扬追赤松。

梁溪晓月

半轮孤魄带疏星，忽觉波涵天外青。
影共满城灯色淡，浪摇几处鸟声醒。
最怜楚岸碧垂柳，曾系吴侬旧钓舲。
如梦依稀少年日，一时欲辨却忘形。

惠山名泉

龙化苍山腹有珠，万珠流转出山隅。
清寒应夺秋光澈，淙汩任他瀛海枯。
陆子题名云润笔，坡仙试水月盈壶。
至今犹想古人气，一盏闲烹随夜徂。

过碧山吟社旧址

恍若梦中畴昔客，重来幽境问前盟。
四围山影青襟色，一壑松风素卷声。
试拂苍苔摩石篆，信知雅道胜金籝。
年年秋气萧条日，尚有桂华笼月明。

游惠山古镇

蓬莱楼阁落吴阛，森木曲池清入神。
藉得龙山千仞碧，屏除浮世二京尘。
苔痕汲古摹蝌蚪，月色如初流瓦鳞。
坐久风弦疑梵唱，归时一似问秦人。

王力军

王力军（1976—），网名梅子青时雨、江南无邪，江苏无锡人。碧山吟社社员，锡山区楹联学会副会长。

荡口古镇

墙白灯红板石青，巷深檐小细窗棂。
有伊撑伞桥头立，一样风光谁作屏。

大窑路

十里下塘窑比连，苔侵已远火朝天。
二三伯渎桥边叟，犹对清波忆载船。

严家桥

仓旧还余稻谷香，永兴河水孕滩簧。
古村长盛看何处，青石桥和斑白廊。

游南泉古镇

山光拥翠水涵霞，韶景无边日有涯。
街暮灯霓情未尽，呼朋酒置老袁家。

春游鼋头渚

花砌环垣翠织幢，红鸥竞舞逐飞艭。
三春不向鼋头踏，亏负东君情一腔。

荣氏梅园看梅

雨久赊来一日晴，梅山重踏不虚行。
半坡芳树红成阵，似看将军春点兵。

少年游·梅里古都中秋夜

斜阳归处绿波开，花舫载歌来。星河影涨，栏桥声沸，霓火射参差。　茶坊酒肆多明幌，各各列璇台。遥街灯好，画楼月满，璀璨夜无涯。

蒋　力

蒋力（1976—），江苏无锡人。无锡市诗词协会会员、锡山区楹联学会会员。

题祝大椿故居

画舫悠悠碧水流，云霞掠影映墙头。
清名桥载春秋景，古运河浮岁月稠。
一脉相传文气盛，百家争竞品行优。
柳垂伯渎静幽地，祝氏家园锁画楼。

阳山桃花源感怀

红尘冷暖念桃源，鸡犬相闻笑语喧。
雾锁晨曦生紫气，林舍晓露润烟村。
暑天知了鸣江树，午日蜻蜓点木门。
三两孩童无所事，也跟长辈筑篱垣。

王宇英

王宇英（1977—），女，笔名王宣，江苏无锡人。毕业于江南大学，从事广告策划设计行业。无锡市诗词协会会员。

蠡湖国家湿地公园

山色粼波疑入画，皆言范蠡此寻幽。
轻帆昔载浣纱女，激浪今旋红嘴鸥。
环岸林园紧城邑，斜虹商肆隐瀛洲。
绮霞日暮仙何处，五里湖中舟自游。

东大池

儿时常记此登山，未识池誉千百年。
谷起松声惊鹊鸟，石雕亭阁避人烟。
青山环翠留庐燕，幽境桃源聚俊贤。
远客往来谁只见，潺潺一眼白沙泉。

谢小惠

谢小惠（1977—），江苏无锡人。游艺诗词、茶道。无锡市诗词协会会员、碧山吟社社员，瑞金红井诗词社副社长。

吟梅园太湖石

嵯峨势态耸天轮，得取波涛万古痕。
峭质至坚形皱瘦，遗姿漏透寄云根。

刘国芹

刘国芹（1978—），字或之，号悃斋，别号堂堂，江苏兴化人，居无锡。无锡市诗词学会会员、碧山吟社社员。

泰伯墓

一代贤名接禹汤，千秋遗泽发梅香。
游人应识春风意，细踏鸿泥吊海桑。

鼋渚秋波

独立苍茫纵目秋，江南灵气一湖收。
中怀三万六千顷，吞吐风云十四州。

蠡　湖

空怀绝代卷王图，浩荡新愁没五湖。
千古兴亡余胜迹，来人争羡说陶朱。

周双芹

周双芹（1978—），女，笔名无书，江苏无锡人。江苏灌南县诗词协会顾问，无锡市锡山区楹联学会副秘书长，江苏省诗词协会会员，无锡市诗词协会会员。

过清名桥有感

晴光照阶影，苔色隐鱼窠。
静倚临风处，遥闻放棹歌。
千年待回首，一眼已经过。
唯有长流水，知其著雨多。

访王莘故居

檩椽低矮太寻常，深浅印痕斑驳墙。
白屋未妨怀远志，兰芽自可发幽芳。
瞻旗能使精神振，和拍还教心气扬。
但看游人停履处，又因歌起意堂堂。

村前村之印象

绿蔓青苔斑驳墙，钟楼遥映碧天光。
胡家公学从头说，别样清和放眼量。
自有精神比明月，更存风骨傲寒霜。
如今重看村前景，云近书庐隽味长。

谒金门·秋行长广溪湿地公园逢雨

遥望里，波上卧岚浮翠。鸥鸟翛如微雨戏，拂烟过露苇。　　行共多情桂子，伫眷清妍荷蕊。闲倚桥廊心少憩，得抛尘俗累。

鹧鸪天·惠山古镇夏日印象

苍瓦白墙依老街，青藤碧草傍松斋。盈襟佳气芳尘合，照水晴光柔橹谐。　祠接栋,树连排。鸣蜩嘒嘒鸟喈喈。茶寮偶得清风座，心与闲云共去来。

鹧鸪天·拈花湾禅意小镇印象

错落精庐篱色繁。苍葱远树接云天。眸收花海于青野，心逐汀鸥向碧湾。　风澹荡,水萧闲。清音到耳洗尘喧。月明细品茶汤味，悟得回甘初证禅。

顾　真

顾真（1977—），女，江苏无锡人。一介布衣，用诗装点生活。

游长安古庄生态园有感

长安多妩媚，相伴好时光。
古木摇新绿，平湖泛皓苍。
欢歌吟日月，雅笛绘阶廊。
曲影随风舞，翩跹夜未央。

春光好·小娄巷

小娄巷，牡丹廊。绣春光。犹隐街灯烟水茫，落云窗。　花落才晴还雨，花开半醉浅伤。秋雨哪堪春雨长，惯炎凉。

马 芸

马芸（1979— ），女，江苏无锡人。教师。无锡市诗词协会会员、碧山吟社社员。

蠡湖随笔

无争最爱数枝荷，云水相亲一夏多。
暑气休教灼冰骨，清凉自有蠡湖波。

太湖远眺

涛声常共白鸥回，万顷湖波碧色开。
渔棹故知天气晚，渚烟深处向人来。

惠山油酥

慈目金刚露肚脐，旧名曾是法师题。
满身福泽融成味，几粒甘香便入迷。
小月团团停素掌，繁星浅浅落玄黎。
寻常莫教尘心动，未解春风一笑兮。

水蜜桃

最怕年光向秋老，早将华实育欣荣。
红腮应是春余梦，甘露凝成玉有情。
已倦人前夸寿永，无言枝上待蹊横。
平生长在武陵住，亦想渔舟载一程。

鹧鸪天·荡口古镇游春

一霎飘潇一霎无，江南微雨醒街衢。桥通小巷人声近，春暖新泥草色舒。　风宛转，路萦纡。绿杨深处古贤居。庭花不是当年植，却有清芬若往初。

董 琰

董琰（1980—），女，无锡雪浪人。现就职于中国邮政储蓄银行合肥市分行。无锡市诗词协会会员。

菩萨蛮·登惠山望远

江河渐满乡音少。还来一缕清平调。望处惠山庐，陌人呼老夫。　二泉听雨好，起卧伶仃草。寻梦酒家间，登高酤两壶。

陈丽娟

陈丽娟（1980—），女，江苏无锡人。南京艺术学院中国画硕士研究生。无锡市诗词协会会员。

雨中蠡园即景

蘋风吹细雨，烟柳漫晨堤。
瑶草侵芳道，金樱落碧溪。
流莺鸣曲婉，一苇绕荷低。
回看画廊处，幽然诗自题。

蝶恋花·憩园

夕照憩园书锦翰，风暖溪桥，碧柳凭阑乱。曲径花浓春烂漫，流莺软语声声唤。　偶寄闲情春水畔，清酒笙歌，露重烟轻岸。彩蝶无声邀我看，浮生半日愁消散。

吴小庆

吴小庆（1981—），江苏无锡人。理学博士。现就职于无锡市农业农村局。自幼喜爱诗词书法，从辛济仁学书多年，多次在全国比赛中获奖。

过周山浜新丁巷童年旧居

斜阳残照朔风轻，幽巷孤桐越鸟鸣。
早岁雪泥随絮起，朝花悠梦伴云清。
苔苍始起刘郎叹，栏朽方知王质惊。
今日北窗新住客，他年可有故园情。

中秋无月夜游南长街

银汉寂寥星斗暗，紫云深锁广寒宫。
放歌舞榭灯如昼，极目长街桥似虹。
燕隐江南寻旧雨，鹤归辽海起悲风。
千年伯渎鳞波动，秋思绵绵寄此中。

浪淘沙·秋游惠山古刹

落叶舞秋愁，来袭心头。不知何处洗尘忧，人道是晨钟暮鼓，烟雨青丘。　慧海桡莲舟，静水深流。华严妙境自停留，梵唱悠悠消物我，意旷神游。

王健行

王健行（1982—），江苏无锡人。无锡市诗词协会会员、碧山吟社社员。

念奴娇·怀吴泰伯

江南万顷，遍烟波古镇，石桥流水。尝想花开夷狄处，泰伯让贤梅里。绿树青山，太湖浩渺，浍渎绵延织。三千须发，尽随风雨种穗。　城上远眺中原，繁华日渐，丝竹糟醨美。本是同根王泽下，一片冰心遥寄。岂拒乘銮，同游华夏，请纳东南地。经年心愿，子民相见同礼。

泰伯文化广场

刘 玉

刘玉（1983—），江苏无锡人。毕业于东南大学，现任东林文旅文策总监，东林文化研究会副秘书长，无锡市诗词协会会员。

癸卯大暑于鼋头渚

黛山浮晚翠，白浪寄沙洲。
暑气蒸云渚，湖天揽逸鸥。

丁酉端月梅园

香风阵阵满新芽，春色丛丛几树花。
闲看庭前初月影，且将心事付梅茶。

癸卯孟春钱锺书故居焕新

蔷薇新瓣庭前雨，廊下檐前几处苔。
一角岫云能入梦，红梅甚艳似前栽。

赵梓吟

赵梓吟（1983—），女，江苏无锡人。文学硕士。就职于无锡市建设工程管理服务中心。无锡市诗词协会理事，碧山吟社社员。

无锡美食三首

银丝面

一筷轻承万缕情，葱花数朵色香成。
莫嫌汤紧浇头素，烟火人间此味清。

鸡子大饼

老叟垂涎稚子呼，蕾丝金蛋热油铺。
平生恋恋非饍馔，心有红尘一馅酥。

杏仁粉包

清凉软糯杏仁香，昔有嘉名沪上扬。
甜粉如霜丸似月，冰心一钵渺难尝。

王伟丰

王伟丰（1983— ），江苏无锡南泉人。曾供职于南长区政府，现为江苏鼎力通科技有限公司总经理。无锡市诗词协会会员、碧山吟社社员。

吊顾端文公墓

选部坟前残石横，端居堂里寂无声。
东林名望随流水，静待诸生续旧盟。

湖山草堂

茅堂临水绕云烟，隐者高歌伴鹤眠。
莫说人间无净土，山林隔世胜斜川。

腊月朔后二日鼋头渚兰苑寻芳

清香四散守幽贞，滴翠素妆疑早春。
弗是油盐生计阻，甘心长作灌花人。

秋晨南泉大堤望湖

江南九月已初寒，晨步湖堤极目看。
山似青珠堆玉案，舟如金鲤跃涛端。
具区淼淼能吟唱，贫士悠悠自慨叹。
细想古今多少事，湖山清逸最堪观。

锡惠赏菊后进山访忍草庵不得入

惠麓残庵自隔尘，杨家修葺已如新。
花明湖水迎游客，树暗松泉等士绅。
千古绝伦金缕曲，百年佳话纳兰宾。
空留贯阁门长锁，弹指词中觅旧人。

林裕峰

林裕峰（1984—），福建宁德人，居无锡。无锡市诗词协会会员。

减字木兰花·寄畅园美人石

春归寄畅，绿影鸣禽池碧漾。曲水流泉，涵径通幽复郁盘。　黄梅雨后，一种情思惆怅又。暗教销魂，叠石啼珠泪美人。

鹧鸪天·小娄巷情思

二十年来泊四方，吴音未改鬓微霜。情怀著曲经年久，才气讴歌岁月长。　颜易改，物难忘。小娄巷里那新娘。太湖柳色秋涛岸，寄畅泉流叶浅黄。

汉宫春·古运河之恋

河畔人家，看桥横柳岸，淌水移舟。轻烟漫飞时候，桃杏温柔。南禅寺外，晚钟敲，岁月悠悠。吴女唱，渔歌媚好，烟波一向风流。　惆怅少年如梦，念伊人绰态，浅笑还羞。堪怜早生白发，故地重游。佳期会后，几曾知，杨柳枝头。常约见，黄昏别了，依然残月西楼。

毛邓平

毛邓平（1990—），江苏宜兴人。《诗刊》子曰诗社社员，江苏省诗词协会会员，宜兴荆溪诗社理事、编委。著有《心云诗稿》。

咏宜兴紫砂壶

紫玉金砂非我夸，香名播远及天涯。
天涯若是流春水，最忆江南阳羡家。

高滕状元文化公园晚间过陈维崧故居

树压残楼草蔓长，笔从何处补诗章。
多情唯有楼前月，犹为来人粉壁光。

翟向杰

翟向杰（1993—），字承真，号长青山人，河南许昌人，旅居无锡。中华诗词学会会员，河南诗词学会会员，许昌市诗词学会理事。

辛丑秋末过永兴寺

莲沉慧水未生波，三沐祥光五气和。
地藏殿中消业力，药师座下断心魔。
诸天净妙逢菩萨，万法圆明见佛陀。
百代永兴香火盛，德言善举一般多。

蒋琳妍

蒋琳妍（1997—），女，笔名沧溟月，江苏无锡人，寄居杭州。无锡市诗词协会会员、碧山吟社社员。

鬲溪梅令·游鼋头渚

暮烟夕照落诗肩，白鸥还，漫想乘风骑鹤，向蓬山，举杯邀众仙。　远帆龟背有无间，铗休弹，且向沧溟归去，脱尘寰，浩歌江上船。

蝶恋花·游灵山拈花湾并焚香抄经

冻草萋萋生石罅，冷萼轻柔，莺语喧梅榭。扫叶烹茶朝露下，缁尘浣去人潇洒。　拭取维摩经写罢，坐隐听禅，小篆香吹麝。寂寞诗书无处话，松窗淡看云垂野。

鼋头渚一角

施宇杰

施宇杰（2000—），江苏无锡人。无锡市诗词协会会员。

过高子水居

栽桃植柳曲堤中，景致变移今不同。
乳鸭见人惊入水，香莲弄影爱牵风。
一方故沼波光潋，五可层楼诗唱空。
晓步桥边情所触，摸螺村妪又顽童。

忍草庵

不见去梯乘月人，贯华高阁岭云新。
龙鳞毕露群松掩，玉带长飞急涧邻。
遮径庭芜深映甓，染衣碑石暗生尘。
梵音绝处公孙树，今岁当年两自春。

仲冬游鼋头渚

三山烟动夕晖浮，水面金绳横不收。
冷碛西东鸣玉浪，长船首尾集银鸥。
迟迟买渡归人立，隐隐飘歌极浦幽。
清景不同尘侣赏，樱花春日古桥头。

朝登东坡阁

九霄云气远望开，奇峭苍崖造化裁。
山露凉侵芒草静，秋晖朗照石梯回。
买田永慕坡仙迹，饮酒同怀陶令才。
阳羡湖波今与古，几看高隐上崔嵬。

题潮音寺，寺在阳山荡

未比普陀迎大海，却居阳羡倚名城。
河津寂寞今游地，宝铎清泠不绝声。
船落白帆收画桨，阁飞朱彩列雕甍。
当年水路争来客，莲叶排开计几程。

访严家桥古村拈得知字

曾经仓廪米流脂，囤积荒年不断炊。
漕运河中摇橹客，收成田里把镰儿。
名乡领会双推磨，土屋追怀旧奠基。
独爱小亭风日好，景溪雅号外人知。

卢 玉

卢玉（2005— ），祖籍安徽宿州，出生于江苏无锡。现就读于山西大学。

满庭芳·行迷双虹园

垂柳如烟，雕桥似画，纸鸢欢弋长空。水波轻泛，日净锦帆重。纤轸银鸥掠影，也教得，叶绿花红。蝶踅影，满庭春色，翕忽隐无踪。　春秋其代序，荣华草木，改换音容。止留住，三山古寺孤钟。一去扁舟无迹，分隔久，何处相逢。年华老，无边光景，应与此时同。

杨 茜

杨茜（2005—），女，江苏无锡人。现就读于南开大学。素喜写作，亲近自然。

唐多令·春日与友游长广溪湿地

风细柳沾萍。水怀岫玉青。渺超然，泉月空明。试上探知亭上眺，山淡远，水澄灵。　幽雅翠林箐，清欢兰芷汀。忘浮名、心寄舟舲。欲倩碧波迢递意，欸乃处，是乡声。

临江仙·与友纵乐，步南长街

寄念今宵多纵乐，当时未尽游情。道边梢上鸟啼鸣。伴行家去路，深巷少喧声。　遐思飞往秋水畔，闲闲勾去机营。且携亲友远山耕。竹斋诗里梦，一梦旧苔青。

长广溪国家湿地公园

沈垲钧

沈垲钧（2006—），江苏无锡人。文学爱好者，在第21届"叶圣陶杯"新作文大赛中获"省级一等奖"和"全国总决赛二等奖"。初中始学习作诗填词，现存诗作200余首。

卜算子·鼋头渚

花色暖清霜，新叶慵枝上。谁晓春从几处来，莺雀楼边唱。　行步莫回头，微雨波心荡。小径无声屋影纤，路滑扶轻杖。

西江月·梅园秋

万里潇潇秋雨，一声惊鹊天明。新寒暮卷抚池平，好日何须春杏。　惜夜难望钩月，转头却喜微荧。倦时斜倚矮墙行，水色连天如镜。

如梦令·寄畅园春

红杏草青新柳，园囿细花如绣。池小水深深，盛尽三朝春皱，人瘦，人瘦，听尽雀莺声旧。

菩萨蛮·惠山秋浅

晨风无力新阳寂。长空万里微云迹。末夏纵蝉嘶。蝉嘶人不知。　微眠新落叶。点点如花噎。长望又纷纷。初秋如暮春。

跋

　　癸巳西陆，天高云柔。丹樨吐芳，香凝九龙翠螺；皓月凌空，光泻五湖烟舟。梁溪碧山吟社，诗国清流。会骚友于惠麓，招饮良宵；述碧山之旧事，举觞吟筹。诸友叹曰：梁溪胜概，山水清幽。江、鲍有历山震泽之咏，李、尤多柴桑枌榆之讴。古贤词翰，琳琅兰台；今人题咏，零落无收，惜哉！诸君于席间慨而建倡，欲汇吾邑诗作，编乡梓诗裘。采题诵兮今人，杜若芳洲；绘乡间兮新荣，蕙茝泽丘。承昔贤箕裘兮，步趋蘅塘；藉吾膺情志兮，文效班侯。

　　座中韵友，志抱淑尤。倾众言之浩汗，启群吻之雅谋。既已同响协心，尔乃各领其命，各尽其求。白鹭秋实，宣诸屏而汇佳构；蓼溪蝶羽，邀于坛而征清讴。俯磨铅以修辞，仰策蹇以耕畴。社人腾踊，延百十之骚客；文采涓流，融千数之唱酬。发藻思于嵯峨，山耸瑰岫；奔言泉于渺溁，水载文薮。梁溪奇山异水，人事风物，皆广采而博蒐，入诗人锦囊矣。

　　忽忽十载，日月其除。岁次甲辰，缵续诗薮。拾词海之遗珠，绮合二编；广清音之阆韵，彬蔚兼哀。援笔凝思，诗赋奔若骅骝；体物成采，文辞翔拟轻鸥。诗含章而彪炳，词率性而绮道。列珠玑，摛翰柔。煌煌乎体备，郁郁乎盈眸。知鱼花醉，修词以谐宫律；半缘思宜，驱驰以成清猷。十觞百韵，一序八骏。国柱晓鹤，句栉字搜。渔樵如月，勤劬校雠。知崎嵚乎殊事，赍志风雅；耀词采乎碧山，足资春秋也。

　　今日结集，接诗赋之贻则，补诗囿之阙葩，被文徽而曲高，植词林而韵修。诗之为用，今虽异于古，然诗之所主，颐情栖志，兴观群怨，古今一也。故今吟众之功业，亦古碧山之泽流也。吾社有人，履前贤而长赋；十老延脉，启后来而永留。幸矣！

赞曰：

　　十老诗盟德不孤，西神风雅绘成图。

　　溪山云水凭裁句，沧海未遗千粒珠。

甲辰季秋毛明强撰于耘圃山房

后 记

　　无锡，是一座人文历史、自然景观丰润而饱满的城市，在古人的文字里，她的美得到了诗意的展示和体现。今天我们启动了《当代邑人咏无锡诗词选》第二卷的编撰工作，是对 2013 年编撰出版《当代邑人咏无锡诗词选》第一卷的完善和补充。

　　十年之后再次编撰本书的意义和目的在于，我们希望以无锡诗人咏无锡的诗词内容和形式，展示无锡文化繁荣与传承，讲述无锡诗词流播与延脉，记录无锡诗人创作与研究，为当代诗人留下咏无锡的精品佳作，从而发挥诗词记事传史、抒情言志的功能，宣传无锡在人文、经济、科技、民生、城乡建设等方面取得的成就，从当代无锡诗人的笔中看到新时代无锡的发展，为无锡的文化事业尽诗人们的绵薄之力。

　　本书在编辑过程中，得到了中华诗词学会会长周文彰先生和江苏省诗词协会会长蒋定之先生的殷切关心和指导，二人分别为本书作序和题写书法。中共无锡市委宣传部副部长顾必成先生多次召集专题会议研究讨论本书的内容、出版等重要事项，对本书的编辑出版工作提出了具体的指导意见，使本书日趋丰富完善。同时本书的编辑出版还得到了无锡市文联主席杨建先生、副主席李曦先生，中共无锡市梁溪区委宣传部部长周晓红女士、中共无锡市委宣传部文艺处处长李跃光先生、中共无锡市梁溪区委宣传部常务副部长李佳珂女士，以及吴立群先生等的大力支持和协助，在此谨致谢忱！

无锡当代诗人踵趾相接，但限于篇幅，难免挂一漏万，遗珠之憾在所难免，好在本书的编辑是为了呈现无锡诗词的承前启后与继往开来，待以后时机成熟时还将续编后卷，拾遗补缺，尽可能做到能比较全面地反映当代无锡诗人及其诗词创作状态，将来依然希望能够得到您的大力支持，再次向大家表示衷心感谢！

编委会
2024 年 6 月